Dédicace

© 2024 Aurélie Swan
Édition : BoD – Books on Demand, info@bod.fr
Impression : BoD – Books on Demand, In de
Tarpen 42, Norderstedt (Allemagne)
Impression à la demande
ISBN : 978-2-3222-1690-1
Dépôt légal : Mars 2021

Fantasy

Opale
1.Le Médaillon de Sélène

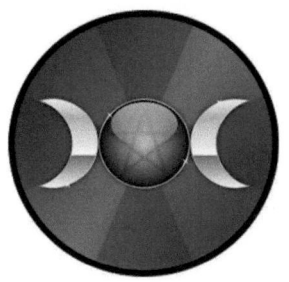

Aurélie Swan

À mon mari et nos enfants,

À toutes les femmes de ma famille

Le sablier du temps

Le sable s'égrène, irrémédiablement.

Lancinant, insistant,

Les grains d'aujourd'hui, s'ajoutent à ceux d'autrefois.

Le sable s'égrène irrémédiablement,

Fusionnant imperceptiblement,

Il dessine subtilement, les contours d'une vie oubliée.

Le sable s'égrène irrémédiablement,

Et le sablier du temps,

Une fois retourné, laisse s'envoler nos précieux

instants.

Aurélie Swan, poème paru dans la revue numérique *Le Capital des mots* en 2018 puis en 2022 dans le recueil *Maux d'Amour*.

Chapitre I

Elle se contemplait silencieusement dans la psyché. L'image que le miroir lui renvoyait la mettait mal à l'aise. Elle ne reconnaissait pas cette jeune fille aux yeux gris dont la chevelure brune et bouclée était relevée en chignon. Seules quelques mèches s'échappaient de sa coiffure et retombaient délicatement sur ses épaules lui conférant un port de tête altier. Son regard observa plus attentivement ses traits qui lui rappelaient ceux de sa mère dont la présence à cet instant particulier lui manquait cruellement. Sa peau nacrée légèrement rosée par la nervosité qui la gagnait était rehaussée par la robe blanche qu'elle portait. Celle-ci avait des manches évasées et retombait avec élégance jusqu'à ses pieds nus. Ceinturée à la taille par une fine chaîne en or, elle mettait en valeur la silhouette de la jeune fille. Le col rond était parsemé de dentelle et des boutons fermaient la robe en descendant délicatement le long de son dos. Ses épaules et son cou dégagés laissaient apercevoir sa peau claire. Elle expira profondément pour chasser le malaise qu'elle éprouvait avant de reprendre une profonde inspiration. Son regard se fixa un instant sur le croissant de lune tatoué sur son front, qui faisait d'elle une élue dont la destinée allait irrémédiablement basculer en ce jour.

Un léger coup sur sa porte la fit sursauter et rompit cet instant de contemplation et d'introspection. Enora, la gouvernante, entra discrètement afin de parfaire l'habillage de la jeune fille. Voyant le regard attristé de celle-ci, elle ne put s'empêcher de la consoler.

— Voyons, ne soyez pas inquiète, tout va très bien se passer !

— Je n'en suis pas si sûre Enora. J'ai comme un mauvais pressentiment, avoua sa jeune protégée.

La gouvernante l'observa un instant. Connaissant la jeune fille et ses dons, l'inquiétude la gagna à son tour, mais elle n'en montra rien. C'était une journée importante, aussi fallait-il mettre l'élue dans de bonnes dispositions.

— Allons, rassurez-vous, tous les élus ressentent cela le jour de la cérémonie des pierres. C'est un grand événement qui marquera votre entrée dans la société et vous permettra enfin de connaître le rôle que vous y occuperez.

— Oui, je le sais bien. « *Les élus de la lune recevront à leur naissance la marque de la déesse et devront alors être envoyés auprès de ceux qui leurs permettront de développer leurs dons. Pour leur vingtième anniversaire, ils se verront révéler leur identité et leur statut. Gardiens, guérisseurs, professeurs, combattants, ils auront pour rôle de protéger les territoires d'Opale, en assurant à chaque être vivant, humain, hybride ou mage, un traitement égal et juste* », récita l'apprentie. Oui, je connais le code Enora, mais je ne sais pas. Je ne me sens pas à l'aise dans cette tenue, je ne me sens pas à ma place, je me sens… Incomplète, soupira-t-elle, en reportant son attention sur son reflet.

— Bientôt, tout prendra sens, je vous le promets. En attendant tournez-vous vers moi que j'arrange votre robe. Voilà qui est mieux. Bien, prenez votre cape et allons-y, les prêtresses et l'archimage nous attendent dans la cour royale.

— Attends Enora, est-ce que tu sais si ma mère sera présente ?

— Pour le savoir, il faut y aller ! répondit malicieusement son interlocutrice tout en ouvrant la porte à sa protégée.

Résignée, la jeune fille ne put s'empêcher de regarder avec tendresse la gouvernante avancer dans le couloir. Elle décida de se reprendre, s'empara de sa cape et sortit à son tour d'un pas décidé, prête à affronter son destin.

En parcourant le couloir, elle se remémora avec nostalgie ses dernières années. Du plus loin qu'elle s'en souvenait, elle avait toujours vécu au sein de l'Académie des mages. Elle y avait été déposée conformément à la prophétie puisqu'elle portait la marque de la lune faisant d'elle un être magique. Sa mère, n'avait pu avoir le bonheur de l'élever du fait de ses dons, mais elle avait tout de même pu l'accompagner et la suivre durant son parcours. Elle l'avait vue devenir une jeune fille puis une femme. Toujours présente par le biais de correspondances ou des visites accordées lors des congés mensuels, elle n'avait cependant pas eu le droit de répondre à certaines de ses interrogations. D'où venait-elle ? Qui était son père ? Pourquoi ne venait-il jamais la voir ? Sa mère se contentait de lui sourire tristement en lui promettant qu'un jour elle aurait des réponses. Et ce jour était venu.

À l'occasion du solstice d'été, pour ses vingt ans, son tour était venu d'être instituée de sa fonction au sein de la société d'Opale. À l'instar de ses camarades dont elle n'avait jamais été réellement proche, chacun étant conditionné à ne s'intéresser qu'à sa formation sans jamais quitter les murs de l'Académie auprès de précepteurs triés sur le volet, elle allait vivre un moment unique lors de cette cérémonie qui lui donnerait le plein accès à ses dons qu'elle développait depuis son plus jeune âge. Durant sa formation elle avait appris l'Histoire d'Opale et de ses villes nommées selon la pierre qui façonnait leur sol. L'Académie des mages se situait au sein de la capitale, Azurite, qui regorgeait de ce minerai bleuté, apprécié pour ses capacités à développer les facultés magiques des élus et sa couleur d'un bleu profond qui évoquait la voûte céleste les nuits où la lune était pleine. Elle avait également dû apprendre par cœur le Code qui établissait la place de chaque être au sein de la société qu'il soit ou non doté de pouvoirs magiques.

Trois espèces cohabitaient au sein du territoire : les mages, les humains et les hybrides nés de l'union d'un mage et d'un humain. Si les mariages mixtes étaient autorisés, ils

14

n'étaient pas toujours vus d'un bon œil par une partie des mages plus extrémiste qui voyait dans ces unions contre nature, une perversion du sang pur. Cette pensée la fit frissonner. Si la société d'Azurite reposait sur l'égalité entre les trois espèces, un courant novateur et inquiétant semblait se développer au sein d'une majorité de la congrégation magique. Les élus se faisaient de plus en plus rares à l'Académie. Sur la dernière génération dont elle faisait partie, seulement dix avaient intégré l'école. Certains mages remettaient en cause les unions mixtes en arguant qu'elles pervertissaient les liens magiques. Les hybrides étaient d'ailleurs facilement identifiables d'une part par leur genre : ils étaient automatiquement des garçons et d'autre part par leur capacité à se transformer en loup. On les nommait hybride ou homme-loup. Ils n'avaient pas à proprement parler de dons magiques si ce n'était cette capacité à se transformer en loup et à adopter les facultés de cet animal.

La jeune fille vouait une secrète admiration à ces hybrides qu'elle n'avait encore jamais eu l'occasion de rencontrer en dehors des livres. Elle leur enviait la liberté qu'ils avaient de pouvoir se métamorphoser en loup et de parcourir les plaines sans rendre de compte à qui que ce soit. Pour sa part, son enfance dorée n'avait été rythmée que par les études, le protocole, les visites de sa mère et la préparation de cette journée. Elle soupira de nouveau en se demandant si le malaise qu'elle ressentait était lié aux révélations qui l'attendaient ou à cette atmosphère étouffante au sein de l'Académie où tant de mages attendaient de savoir quel serait leur statut. Elle faillit percuter Enora qui s'était arrêtée afin de lui ouvrir les portes de la grande salle.

— Encore en train de rêvasser petite mage, dit-elle tendrement. C'est l'heure, ils t'attendent.

La jeune fille comprit brusquement qu'après cette journée elle ne verrait plus sa gouvernante. En effet, si son destin allait se jouer dans quelques instants, sa liberté lui serait également restituée, du moins en partie, et elle partirait enfin de l'Académie pour accomplir sa mission à Azurite ou ailleurs. Elle embrassa la vieille gouvernante avec tendresse, mais ne put prononcer un mot, tant l'émotion lui comprimait la gorge. La vieille femme avait toujours été présente pour elle, malgré l'austérité des autres mages, Enora avait été une figure maternelle, en étant là pour prendre soin d'elle et en lui démontrant de l'affection. La gouvernante avait été touchée dès le premier jour par cette enfant à peine âgée d'un an lorsque sa mère l'avait déposée à l'Académie. Malgré l'interdiction de familiarité, elle n'avait pu se résoudre à laisser le nourrisson à sa solitude et à son désarroi. L'archimage avait accepté qu'elle prenne soin d'elle étant donné le caractère particulier de son admission. En effet, elle était la première élue si jeune à être admise. Les autres n'arrivant que lors de leur douzième anniversaire. Enora lui rendit son étreinte en l'encourageant une dernière fois puis lorsque sa protégée fut prête, elle se recula, essuya furtivement une larme sur sa joue et ouvrit les portes de la grande salle.

La jeune magicienne en eut le souffle coupé tant la beauté de la pièce décorée pour l'occasion était impressionnante. Des guirlandes de fleurs serpentaient le long des colonnes de marbre blanc. Le plafond semi-ouvert de la grande salle laissait filtrer les derniers rayons du soleil et déversait sa lumière sur l'autel devant lequel elle se tiendrait lors de l'ascension de la lune. Elle observa les lieux afin de repérer les hauts dignitaires et son regard avisa un homme sans âge, vêtu d'une longue tunique bleue. Son visage d'apparence jeune avec ses cheveux noirs, ses yeux verts et l'absence d'imperfections ne trompait pourtant pas la jeune fille qui reconnut l'archimage, Arthus, à la tête de l'Académie depuis vingt ans. Personne ne connaissait véritablement l'âge du vénérable. Le regard de ce dernier s'accrocha au sien imperceptiblement si bien qu'elle crut l'avoir imaginé. Elle remarqua ensuite les prêtresses au nombre de six, qui étaient vêtues de la même robe violette qui retombait sur leurs pieds nus. Leurs cheveux étaient simplement réunis en une tresse piquetée de fleurs et chacune portait une pierre différente autour du cou distinguant ainsi leur rôle et leur magie. L'une d'elles avança vers la jeune fille et lui tendit la main.

Celle-ci avait appris le protocole par cœur, aussi elle saisit la main de la prêtresse et se laissa porter par les événements. Elle ne se sentait pas actrice, mais plutôt spectatrice de son destin. Comme si une force plus puissante qu'elle l'emprisonnait et l'empêchait de faire autre chose que ce à quoi on la prédestinait. Le libre arbitre n'avait pas sa place dans sa vie et cela ne la dérangeait pas. Elle savait ce qu'elle avait à faire et pourquoi. Elle était née élue et devait assumer son rôle. Elle suivit la prêtresse auprès d'un bassin dissimulé derrière des paravents visant à préserver son intimité. Afin de la préparer à la cérémonie et en attendant que la lune soit à son zénith, moment où elle ferait face à l'archimage, elle devait d'abord être purifiée.

Toujours silencieuse, la prêtresse portant la pierre de jade dévêtit l'élue et l'invita à immerger son corps dans le bassin. Confiante, elle s'exécuta et la chaleur de l'eau, d'où s'élevait un agréable parfum de lavande, chassa ses appréhensions. Ses muscles se détendirent et elle ferma les yeux un instant. La prêtresse entonna alors une mélodie relayée de l'autre côté du paravent par ses sœurs, puis entreprit de laver le corps de l'élue avec un onguent spécialement concocté pour la cérémonie. Ainsi purifiée, elle l'invita à s'immerger à nouveau puis elle lui tendit un drap pour qu'elle puisse se sécher avant de repasser sa robe. La prêtresse la conduisit ensuite au centre de la pièce et l'élue se retrouva alors au milieu des six prêtresses. Ces dernières formèrent un cercle et enjoignirent l'élue à s'agenouiller en son centre. Elles commencèrent à tourner autour d'elle en psalmodiant des bénédictions et l'élue vit alors les pierres des prêtresses scintiller avant de briller d'une lumière plus puissante et de s'élever en un seul et même faisceau vers la lune qui commençait son ascension. Jade, Agate, Ambre, Grenat, Œil de tigre et Azurite se rejoignaient pour sacrer l'élue.

Celle-ci, émerveillée par la magie, sentit la sienne s'éveiller en écho à celle des prêtresses. Elle ferma les yeux et laissa son don former des ondes autour d'elle. Les prêtresses poursuivirent leurs bénédictions puis cessèrent progressivement leur mélopée. Le faisceau s'éteignit et la porteuse de l'agate, aida l'élue à se relever. Elle était prête. Son corps et son esprit étaient purifiés, sa magie activée. Il était temps pour elle de rejoindre l'archimage devant l'autel.

Ce ne fut que lorsqu'elle se tint face à lui, que l'élue remarqua que les autres membres de l'Académie se tenaient de l'autre côté de la salle, selon la répartition traditionnelle : à gauche les aspirants et à droite les confirmés. Leurs visages impassibles étaient tournés vers la jeune fille qui se décida enfin à affronter le regard de l'archimage. Le silence revint dans l'assemblée puis le mage prit la parole.

— Ma chère enfant, nous voici à présent réunis pour cette cérémonie où tu vas enfin atteindre la plénitude. Je ne compte plus les élus ainsi sacrés par la magie de la lune et la mienne au service du territoire d'Opale. Vois-tu cette coupe devant toi ?

L'élue hocha la tête, mais n'émit aucun mot de peur de briser la solennité du moment où de faire un faux pas. L'archimage l'impressionnait par son charisme, mais elle ne s'y trompait pas. Sous son charme se cachait une puissance que tous pouvaient sentir et malgré le fait qu'il soit un homme de bien, elle ne souhaitait en aucun cas déclencher un quelconque sentiment négatif chez lui.

— Cette coupe contient de l'hydromel et te révélera l'identité de ton père. Bois-la et délivre-nous son message.

Tremblante, elle saisit la coupe en or incrustée de gemmes et la porta à ses lèvres. L'espace d'un instant, elle pensa déceler chez l'archimage de la défiance, mais il reprit son masque impassible si vite qu'elle crût s'être fourvoyée.

Chassant ses inquiétudes, elle but à la coupe et sentit le liquide sucré descendre dans sa gorge. Elle reposa le calice et sous l'influence de l'enchantement de celui-ci, elle se mit à révéler elle-même son identité.

— Je me nomme Sélène Moonwave, fille d'Eilin, humaine du village d'Azurite et d'Aedan, archimage banni de la capitale pour trahison.

Lorsqu'elle prit conscience de ce qu'elle venait de dire et de ce que cela signifiait, Sélène eut un hoquet de stupeur. L'assemblée retint son souffle, attendant la réaction de l'archimage. Celui-ci ne cilla pas et poursuivit.

— Sélène d'Azurite, promettez-vous de suivre la voie pour laquelle vous êtes venue au monde en faisant fi de votre passé ? De mettre tout en œuvre pour exécuter les volontés de la déesse et de vous montrer digne du pouvoir qu'elle vous transmettra par le biais d'un réceptacle choisit par elle-même ?

— Je le promets, répondit mécaniquement Sélène, l'esprit embrumé par l'encens qui embaumait la pièce.

— À présent, ouvrez ce coffret en argent placé juste à côté de la coupe.

Sélène prit une nouvelle inspiration et s'exécuta. Le métal froid du coffret lui permit de reprendre contact avec la réalité. Elle l'ouvrit lentement et sentit son pouvoir affluer à mesure qu'elle découvrait son totem.

Un médaillon reposait dans le coffret. Il était composé de sept pierres : les mêmes que les six prêtresses et au milieu la pierre de lune. La pierre de l'archimage. C'était impossible. Personne ne pouvait posséder un tel pouvoir. Réunir les pierres en un seul et même artefact était invraisemblable. L'archimage eut un temps d'arrêt, son regard s'assombrit, mais il ne put émettre une parole, car la lune avait atteint son zénith et la voix de la déesse résonna dans la grande salle :

— Fille de lune, Sélène, voici ton présent. Conserve ce médaillon et protège-le comme lui te protégera. Ne le quitte jamais car il est le réceptacle de ton pouvoir. Tu es désormais la gardienne d'Azurite. Tu devras libérer Opale de la corruption qui rampe dans l'ombre et de la haine sournoise qui se dissimule derrière les plus beaux atours.

Le médaillon s'éleva puis vint se poser dans le cou de Sélène. Le fermoir en or se clipsa sur sa nuque et Sélène sentit sa magie remonter dans son corps pour rejoindre le réceptacle. Elle comprenait enfin le sens du mot plénitude. Elle était désormais complète, entière. Elle possédait l'étendue de sa magie et avait retrouvé son identité. Elle voulut s'adresser à l'archimage, mais le regard qu'il posa sur elle lui glaça le sang. De la haine et de la convoitise se mêlaient dans ses yeux. Un frisson d'horreur lui parcourut l'échine lorsqu'elle comprit que tous ceux présents dans la salle : mages, élus, prêtresses et archimage étaient comme paralysés. Puis la voix de la lune se fit entendre une dernière fois, mais seulement pour elle, glaçante et implacable.

— Maintenant fuis. Pars, tu es en danger. Retrouve celui qui fut banni et libère Opale de la corruption. Ils voudront ton pouvoir. Ne leur fais pas confiance. Je les retiendrai le temps que tu sortes de l'Académie, après il ne te faudra compter que sur toi. Retrouve mon fils, il t'aidera.

La voix se tut laissant Sélène complètement désemparée. Abasourdie, elle ne comprenait pas ce qu'il venait de se passer. Que devait-elle faire ? Avait-elle rêvé cette voix ? La cérémonie n'aurait pas dû se dérouler ainsi. Habituée à suivre le protocole, elle ne savait pas comment réagir. Le médaillon brilla soudain et Sélène vit la main de l'archimage lutter contre la paralysie pour se diriger vers elle. La voix retentit à nouveau, avec autorité.

— Cours !

Sélène sortit brusquement de sa torpeur et se jeta au sol pour éviter un arc de feu émanant de l'archimage qui luttait pour reprendre le contrôle de son corps. Éperdue, elle se mit à courir vers la porte restée ouverte et s'enfuit, pieds nus, à travers les dédales de l'Académie. Elle n'avait pas le temps de se diriger vers la sortie principale aussi choisit-elle de prendre celle des serviteurs en passant par les cuisines. Elle fut surprise de les voir endormis, mais en s'approchant de sa gouvernante pour un dernier adieu elle fut horrifiée par le contact de sa peau. Elle était glacée. Avec horreur elle comprit qu'ils étaient morts. Tous.

Sélène porta la main à sa bouche pour ne pas hurler et alors qu'elle reculait pour poursuivre sa route, elle vit un symbole gravé sur le mur. Le symbole de la lune rouge entrelacé de deux croissants. Des bruits de pas la ramenèrent brutalement à la réalité et sans plus réfléchir elle se précipita vers la porte de service.

Chapitre II

La porte de service donnait sur l'arrière-cour de l'Académie ce qui offrait une sortie discrète à la jeune magicienne. Enfin, aussi discrète qu'elle pouvait l'être en robe de cérémonie, essoufflée et dont le visage trahissait une peur évidente. Heureusement la nuit était de son côté en dissimulant sa présence aux éventuels badauds nocturnes. Elle longea le mur de la cour extérieure. Elle n'était jamais sortie de l'Académie mis à part pour se rendre dans le jardin attenant pour y retrouver sa mère. Sa mère... Elle pourrait sûrement l'aider à comprendre ce qu'il se passait, ce qu'elle avait découvert ! Mais comment la rejoindre ? Sélène était désemparée, ne sachant où aller. Elle choisit de se diriger vers le parc et vit avec soulagement que celui-ci menait aux quartiers commerçants de la ville par le chemin que devaient emprunter les serviteurs. Elle poursuivit sa descente, refusant de se retourner pour voir si elle était suivie. Dans l'affolement elle ne pensa pas à relever son bouclier pour dissimuler sa présence. Une seule chose l'importait à ce moment-là : fuir.

Lorsqu'elle arriva enfin dans une ruelle, elle s'adossa un instant dans le recoin offert par une porte voûtée et tenta de reprendre son souffle. Elle refusa de céder davantage à la panique et chercha à se remémorer les paroles de la déesse. Trouver son fils. Voilà qui était léger comme indice si l'on partait du principe que tous les élus étaient ses fils et filles. Il y avait également les hybrides, mi-hommes, mi-loups, qui étaient considérés comme étant sa progéniture. Sélène changea d'objectif. Retrouver sa mère lui paraissait être la priorité en cet instant. Elle devait l'avertir qu'elle était en danger elle aussi. La peur revint brusquement. Après la révélation de son identité, l'archimage se rendrait sûrement chez Eilin ! Il fallait qu'elle la trouve au plus vite tant que le pouvoir de la lune agissait et ralentissait les autres mages.

Ne sachant pas où sa mère vivait, elle sentit le désespoir la gagner. Son médaillon se rappela alors à elle en scintillant. Réalisant qu'elle avait sa magie et que désormais elle pouvait s'en servir librement, elle avisa une pierre relativement aiguisée et s'entailla la paume afin de procéder à un rituel du sang. La magie des pierres s'activa et elle lança l'appel vers Eilin. Fermant les yeux, elle laissa sa magie se déverser par ondes autour d'elle. La chaleur réconfortante de son don la rassura et lorsqu'elle ouvrit les yeux, elle eut la surprise de se trouver devant une chaumière. En regardant autour d'elle, Sélène constata qu'elle était située en dehors de la ville. Il s'agissait plus précisément d'une ferme de taille modeste, mais très bien entretenue. Hésitante, ne sachant comment agir, elle fut tentée d'opérer un demi-tour quand une voix l'interpella.

— Sélène ? Est-ce bien toi ?

La jeune femme sursauta en reconnaissant le timbre doux et familier de sa mère. Elle se retourna les larmes aux yeux et courut dans les bras d'Eilin qui lâcha le seau d'eau qu'elle portait pour réconforter sa fille.

— Que s'est-il passé ? Pourquoi es-tu ici ? Et dans quel état es-tu ?

Dépassée par les questions de sa mère, elle ne put dire un mot et se contenta de la regarder éperdue. Voyant la détresse de la jeune femme, Eilin prit les choses en main.

— Rentrons, nous verrons tout ça une fois que nous serons autour d'un bon chocolat chaud. Cela te fera du bien.

Épuisée, Sélène n'eut pas la force de protester et entra à la suite de sa mère dans la chaumière accueillante.

Eilin s'affaira à faire repartir le feu dans l'âtre, après avoir installé Sélène dans un fauteuil. Elle posa la casserole de lait au-dessus du feu et partit dans une autre pièce. Elle en revint les bras chargés de vêtements et du nécessaire pour prendre soin de sa fille. Avec douceur, elle l'aida à retirer sa robe de cérémonie souillée par la terre puis elle lui remit un pantalon en coton beige, des sous-vêtements, un corset et une chemise grenat. Elle la laissa nettoyer ses pieds et s'occupa de brosser ses cheveux et de les lui tresser. Sélène profita de ces instants auprès de sa mère. Malgré ses vingt ans, elle n'avait jamais pu bénéficier de ses soins aussi elle savourait ce moment en s'efforçant de rassembler ses esprits. Malgré l'urgence qu'elle ressentait à la prévenir et à obtenir des réponses, elle profita de chaque seconde à ses côtés. Une fois réchauffée et rassérénée, elle prit la tasse que lui tendait sa mère pendant que celle-ci s'installait près d'elle. Elle savoura la chaleur du breuvage puis se lança.

— Je suis désolée de débarquer ainsi à l'improviste. D'autant que je risque de te mettre en danger. Il s'est passé quelque chose d'étrange durant la cérémonie.

— Ainsi elle a bien eu lieu, murmura sa mère.

— Oui. J'ai bu à la coupe pour connaître mon identité et j'ai obtenu mon artefact, mais je ne comprends pas le message de la déesse, ce médaillon… Tout a changé en une fraction de seconde et les serviteurs morts… bafouilla-t-elle la tête emplie des souvenirs des corps gisants dans les cuisines de l'Académie.

Le regard confus de sa mère lui fit réaliser que ses explications n'étaient pas claires aussi elle inspira puis se concentra pour lui relater les derniers événements avec plus de précision.

— Calme-toi, l'apaisa sa mère lorsqu'elle eut terminé, en posant une main réconfortante sur la sienne. Je suis désolée que tu aies eu à vivre tout ça seule.

— Que… pourquoi ce que je te dis n'a pas l'air de te surprendre ? se redressa soudain Sélène avec méfiance.

— Ne te méprends pas, je suis ta mère et je connaissais l'identité de ton père, je me doutais donc de certaines choses, mais avant de t'expliquer ce que je sais, parle-moi des serviteurs, comment ça, ils sont morts ?

— Je… Je ne sais pas, je me suis enfuie par la porte de service qui était plus proche que l'entrée principale et ils étaient étendus, morts. Je pensais qu'ils dormaient et j'ai voulu m'approcher d'Enora, mais elle…

Sélène ne put retenir un sanglot, sa mère serra sa main pour lui montrer son soutien. La jeune fille se sentit misérable d'agir ainsi alors qu'elle aurait dû être sûre d'elle en ce jour. Son jour. Elle reprit avec amertume.

— Il y avait un symbole peint sur le mur des cuisines, une lune rouge entrelacée de deux croissants. Je ne l'avais jamais vu auparavant.

Eilin regarda sa fille avec compassion, puis se leva et se rapprocha de l'âtre. Elle poussa un soupir avant de se tourner de nouveau vers Sélène.

— Ce que tu as vécu ce soir est une véritable épreuve, mais malheureusement ce ne sera pas la dernière.

— Quoi ? Mais enfin…

— Laisse-moi t'expliquer depuis le commencement. Lorsque j'ai rencontré ton père, Aedan, il était un mage

29

brillant et émérite, reconnu par ses pairs et admiré par tous les citoyens d'Azurite. Il était pressenti pour devenir archimage et donc en compétition avec Arthus. Ils étaient amis jusqu'au jour où ton père me rencontra et décida de m'épouser. Arthus n'était pas favorable à notre union mixte.

— Tu veux dire que l'archimage approuve les délires des extrémistes concernant le sang pur ?

— Disons qu'à l'époque il s'inquiétait de voir la magie disparaître à force d'unions entre humains et mages. L'augmentation du nombre d'hybrides et la diminution de celui des élus ne faisaient qu'accroître sa défiance. Ses premières intentions n'étaient pas perverties néanmoins lorsque Aedan a été désigné en tant que favori pour le poste d'archimage, Arthus s'est renfermé. Il est devenu plus taciturne, secret. Certains disaient qu'il s'adonnait à la magie occulte pour augmenter ses pouvoirs dans le but de détrôner Aedan.

— Mais si mon père devait devenir archimage, pourquoi n'est-il plus là aujourd'hui ? Pourquoi l'accuse-t-on de traîtrise ?

— Arthus avait réuni autour de lui un groupe de sympathisants partageant ses idées sur le sang pur et la pérennité de la magie. Ils ont fomenté un complot pour le destituer en le faisant passer pour un traître.

— Mais comment ? insista Sélène, perplexe.

Eilin eut un sourire las, puis elle se rapprocha et s'agenouilla devant sa fille.

— Lorsque tu es venue au monde, nous nous attendions à ce que tu sois un garçon, un hybride…

Cette réalité la frappa soudainement. Comment n'avait-elle pas pu faire le rapprochement plus tôt ? Certes, elle n'avait pris conscience de son identité que cette nuit, mais elle aurait pu faire le lien. Et les autres mages ? Étaient-ils au courant qu'elle était une… Une monstruosité ?

— Arthus était le seul à savoir pour toi. Quand nous avons vu que tu portais la marque de la lune, Arthus voulut nous dénoncer et te tuer.

Incapable de répondre, Sélène accusa le coup, attendant la suite de ses explications sur un passé qu'elle ne souhaitait plus vraiment connaître.

— Il était devenu de puissance égale à celle de ton père en usant des forces de la magie noire. Nous avons donc passé un pacte, il te laissait vivre et Aedan lui laissait la place d'archimage. Il a bien entendu accepté, mais il nous a trahis. Il nous dénonça et t'enleva pour t'emmener à l'Académie. Aedan l'affronta dans un duel, mais il disparut sans que l'on sache comment. Je ne l'ai jamais revu depuis, je ne sais même pas s'il est encore en vie…

— Mais les autres mages semblaient ignorer mon identité ?

— La majorité oui. En vérité, seuls les disciples d'Arthus faisaient partie de ce complot. Ils s'étaient réunis sous le nom de l'orbe rouge en référence à l'auréole sanglante qui entoure la lune les nuits de Samhain.

— Mais pourquoi n'as-tu rien fait ?

— Enfin Sélène qu'aurai-je pu faire ? Une simple humaine face à un archimage ? Une femme de surcroît ! Je… J'aurais aimé te soustraire de son influence, mais sans Aedan j'étais perdue. Et puis il y avait Enora.

— Ma gouvernante ?

— Elle était plus que cela, elle était ma tante. Elle m'avait promis de veiller sur toi, de te protéger de l'intérieur et elle a convaincu Arthus de me laisser te voir à condition que je garde le silence.

Sélène eut besoin d'un instant pour faire le tri dans ces informations. C'était plus que ce qu'elle avait eu en vingt ans ! Toutes ces années passées dans l'ignorance de son identité, de sa condition, à apprendre des protocoles, des codes. Des mensonges. Tous, ils lui avaient tous menti, même sa fidèle Enora… Elle sécha ses larmes et interrogea sa mère sur une question qui lui vrillait les entrailles.

— Pourquoi Arthus m'a-t-il gardée toutes ces années en sachant très bien quel monstre je suis ?

— Ne dis pas ça ! s'exclama Eilin. Tu n'es pas un monstre ! Au contraire tu es une chance inespérée pour les mages et les hybrides. Nous pensions que les unions mixtes ne pouvaient pas enfanter un être magique et tu es la preuve du contraire ! Arthus a dû vouloir te garder pour…

— M'étudier ? cracha Sélène le cœur au bord des lèvres. Pourquoi attendre jusqu'à aujourd'hui pour me menacer ?

— Sélène, quel est ton artefact ? demanda doucement sa mère.

— Mon artefact…

La jeune femme toucha son médaillon du bout des doigts. Eilin connaissait la réponse, mais attendait qu'elle fasse le lien elle-même. La magicienne comprit alors.

— Il voulait se servir de moi pour accéder au médaillon…

— Il ne pouvait pas savoir quelle forme ton artefact prendrait, mais il savait qu'il serait plus puissant qu'aucun autre auparavant. Tu es spéciale Sélène. Tu n'as rien d'un monstre au contraire, tu es celle qui unifiera pour de bon notre société.

— La lune a fait de moi une gardienne. J'ai juré de respecter mon vœu auprès d'Arthus. Je ne peux revenir sur ma parole et renier mon serment !

— Qu'as-tu promis exactement ?

— De protéger les citoyens d'Opale, d'assumer mon rôle de gardienne de l'équilibre et de purifier nos terres de la corruption.

Sélène réalisa alors le double sens des mots. Jamais jusqu'à aujourd'hui elle n'avait réalisé qu'ils avaient tant de pouvoirs. Son serment, elle l'avait prêté à la déesse, non à Arthus. Soulagée, elle se laissa retomber sur le dossier de sa chaise tandis que sa mère attisait le feu. Chacune en silence, laissait le temps à l'autre de prendre conscience des derniers événements.

Eilin culpabilisait de n'avoir pu soustraire sa fille des mains d'Arthus. La peine se lisait sur ses traits et Sélène eut honte d'avoir été véhémente envers elle. Soudain son ventre se serra à l'idée que l'archimage puisse s'en prendre à Eilin.

— Nous ne pouvons pas rester ici. Tu es en danger, ils doivent me traquer à présent, la déesse m'a dit qu'elle les retiendrait le temps que je m'échappe de l'Académie mais…

— Ne t'inquiète pas nous sommes en sécurité ici, Aedan y a veillé, répondit calmement Eilin.

— Quoi, mais je croyais qu'il avait disparu ?

— Avant d'affronter Arthus et de disparaître, il est venu ici et a posé des runes protectrices qu'il est le seul à pouvoir retirer. La maison est hors de portée de nos ennemis. Il souhaitait te ramener ici auprès de moi et nous protéger ainsi en attendant de pouvoir nous emmener ailleurs.

— Il voulait quitter Azurite ?

— Oui. Il rêvait de parcourir le continent, notamment les montagnes d'obsidienne. En fin de compte, il n'a jamais voulu devenir archimage, il aimait sa liberté, expliqua tendrement Eilin.

Sélène fût touchée par l'amour qu'elle percevait à travers les propos de sa mère. Toutes ces années elle avait attendu son époux. Elle se souvint des paroles de la déesse.

— Mère, la déesse m'a dit autre chose. Elle m'a demandé de retrouver celui désigné comme un traître, j'en déduis qu'il s'agit d'Aedan et si tel est le cas alors il est surement encore en vie autrement elle ne me demanderait de rechercher un mort… Qu'en penses-tu ?

Une lueur d'espoir s'alluma dans le regard éteint d'Eilin. Prudente, elle demanda :

— Je n'ai jamais pensé un seul instant qu'il était mort. Plutôt qu'il était retenu quelque part sans pouvoir nous rejoindre.

— Bien, alors je vais partir à sa recherche. Un fils de la lune doit m'aider dans ma quête, mais concrètement vu le nombre d'hybrides et d'élus dans le coin j'ai plus de chance de trouver Aedan que ce fils mystérieux ! railla Sélène avec amertume.

Eilin eut un drôle d'air et réfléchit un instant.

— Il y a bien quelqu'un qui pourrait être ce fils de lune dont tu parles…

— Comment ça ? Qui est-ce ? Qu'est-ce qui te fait penser qu'il pourrait être celui que je recherche ?

— Doucement jeune fille, une question à la fois ! Pour commencer reprends un peu de chocolat chaud.

Sélène s'exécuta, attendant la suite avec impatience.

— Lorsque nous nous sommes mariés, peu de temps avant ta venue au monde, un enfant est arrivé dans le village. Il avait été déposé devant le temple de la lune, il a été recueilli par les prêtresses. Elles n'ont rien trouvé dans ses langes indiquant une quelconque identité. C'était un hybride étant donné le symbole de lune pleine sur son épaule, mais nous n'en avons jamais appris davantage. Aedan veillait sur lui et aidait les prêtresses lorsqu'elles en avaient besoin.

— C'est sûrement de lui dont me parlait la lune ! s'exclama Sélène avec espoir. Il est toujours ici ?

— Je ne sais pas vraiment, les prêtresses ont rejoint l'Académie il y a quelques années et lui, il a quitté la ville. Il s'est enrôlé comme mercenaire et effectue diverses missions d'une ville à l'autre. Mais je suppose que la déesse ne laisse rien au hasard…

Eilin se perdit dans la contemplation des flammes, Sélène réfléchit un instant puis se leva. Inquiète, sa mère se retourna :

— Où vas-tu ?

— Au temple de la lune, c'est ma meilleure option.

— Certainement pas ! La nuit n'est pas encore achevée et nous bénéficions de la protection d'Aedan. Tu vas commencer par te reposer quelques heures, je vais te préparer des affaires pour le voyage pendant ce temps et te procurer quelques herbes et potions de soins. Je te réveillerai aux premières lueurs du jour. Il faudra faire vite pour retrouver la protection du temple. Tant que tu portes le médaillon, Arthus ne peut pas te localiser directement, mais il va sûrement trouver une solution pour suivre ta trace surtout s'il a entendu les propos de la déesse. J'ai échoué une fois à te protéger, mais aujourd'hui c'est différent, je peux te venir en aide et tu es en pleine possession de ta magie.

Émue, Sélène se rapprocha de sa mère et l'enlaça. Eilin versa quelques larmes puis se reprit rapidement.

— Allons, il reste peu de temps. Va te reposer, je m'occupe de tout.

— Mais toi, tu ne vas pas rester ici, seule ?

— Ne t'en fais pas pour moi, je ne suis pas aussi seule que tu le penses et puis ma place est ici en attendant le retour d'Aedan. Il me l'a promis.

Respectueuse et admirative de la fidélité de sa mère, Sélène l'embrassa puis se dirigea sans rien ajouter vers la chambre indiquée par Eilin. La pièce était petite, mais rassurante. Un lit siégeait au centre ainsi qu'une coiffeuse et un secrétaire. Les volets laissaient apercevoir la lune qui décroissait dans le ciel. Lasse, Sélène s'allongea et tenta de chasser les derniers événements de son esprit pour trouver un peu de repos dans ses songes.

Chapitre III

Les rayons du soleil levant vinrent caresser le visage endormi de Sélène. Pendant un court instant, elle ne reconnut pas le lieu où elle se trouvait. Elle n'était plus dans sa chambre à l'Académie. Où était donc Enora ? Elle devrait déjà être là, s'affairant à préparer le petit-déjeuner et sa tenue pour la journée. Les cours commençaient à l'aube et les professeurs étaient strictes sur les horaires. Elle chercha la corde pour replier les voilages de son lit mais ne trouva que le vide. Elle plissa les yeux pour mieux percevoir son environnement. Rien ne lui était familier. La pièce était chaleureuse, plus petite que son ancienne chambre. Enfin tout lui revint. La cérémonie, son identité, la mise en garde de la déesse elle-même, le médaillon, les retrouvailles avec sa mère. Elle prit le temps de faire le tri dans ses pensées avant de se lever. Elle avisa la cruche d'eau sur la coiffeuse et commença par effectuer ses ablutions matinales afin de se rafraîchir, puis elle entreprit de remettre de l'ordre dans ses cheveux. Ses simples gestes du quotidien lui permirent de s'ancrer dans son présent.

Le reflet qu'elle vit cette fois dans le miroir ne la mit pas mal à l'aise comme ce fut le cas la veille. Ses vêtements, plus simples que sa robe de cérémonie, lui correspondaient davantage et surtout ils étaient nettement plus confortables. Ses yeux tombèrent sur le médaillon. Elle l'effleura timidement et perçut le pouvoir qu'il renfermait. Elle n'osait croire qu'elle était apte à maîtriser tant de magie. Les mages étaient capables de canaliser le pouvoir d'une pierre en particulier afin d'alimenter leur magie à travers un bâton, une épée, un diadème… Seul l'archimage détenait deux pierres : l'azurite et la pierre de lune. Pourtant le médaillon de Sélène comportait les sept pierres du continent. La jeune femme ferma les yeux pour faire appel à sa magie. Celle-ci s'éveilla instantanément. Auparavant, Sélène devait effectuer tout un rituel pour canaliser son pouvoir et le modeler selon sa volonté. À présent, c'était plus fluide. Les barrières qui limitaient son potentiel avaient disparu, laissant sa magie devenir son prolongement.

Elle rouvrit les yeux et leva une main devant elle. Elle se concentra et celle-ci fut auréolée d'une flamme. Captivée, la jeune femme observa le feu qui léchait sa peau sans lui occasionner la moindre douleur. Durant son apprentissage au sein de l'Académie, elle avait appris les rudiments de la magie en matière de potions et d'incantations mais elle avait toujours préféré la pratique à la théorie. Sentir la magie couler dans ses veines lui offrait un sentiment de complétude que le médaillon renforçait désormais. À l'instar de leur affinité avec une pierre en particulier, les mages avaient également un élément de prédilection. Pour Sélène c'était le feu comme l'archimage…

Le visage déformé par la haine de ce dernier lors de sa cérémonie lui revint et elle coupa court à ses essais magiques.

Elle acheva sa coiffure puis se rendit dans la cuisine pour retrouver sa mère. Elle comprit rapidement que celle-ci s'était absentée, mais elle avait pris soin de laisser un assortiment de brioches sur la table à son intention ainsi qu'une casserole de lait chaud. Cette attention la toucha et elle s'assit le temps de boire une tasse du breuvage sucré pour se donner du courage.

Tout était allé si vite. Du jour au lendemain, elle était passée du statut d'élue promise à un grand destin, à celui de paria recherchée par ceux-là mêmes qui l'avaient élevée ! Toutes ces années passées dans le mensonge… Elle qui ne se voyait pas faire autre chose qu'œuvrer pour la grandeur d'Opale était désorientée. Un goût amer emplit sa bouche en pensant au comportement de l'archimage. Peut-être avait-il raison concernant la disparition de la magie si les unions mixtes étaient plus nombreuses. Pourtant, elle était la preuve vivante qu'un enfant issu de l'union de deux parents d'espèces différentes pouvait être un élu, une fille de surcroît. Était-elle un monstre ? Une anomalie de la nature ? Ou bien un espoir pour les hybrides d'être reconsidérés dans la société d'Opale ? Peut-être qu'elle n'était pas seule à être à la fois hybride et élue ? Reposant sa tasse, elle mit un terme à ses réflexions décidant de reprendre les événements un par un avant de chercher à comprendre l'ensemble de la toile qui, pour l'instant, était bien trop sombre.

41

Elle décida de se rendre comme convenu avec sa mère la veille, au temple de la lune pour espérer en apprendre plus sur cet orphelin qui pourrait bien être l'homme qu'elle recherchait. Sélène s'apprêtait à quitter la sécurité offerte par la chaumière, lorsqu'elle réalisa qu'elle ne savait même pas où se rendre pour trouver ce temple. Elle se mordit la langue et s'en voulut d'être tellement ignorante en dehors des murs de l'Académie. Si elle connaissait l'existence de tous les lieux sacrés d'Opale pour les avoir appris à travers les livres d'Histoire, elle n'avait jamais eu l'occasion de voyager au-delà de son esprit. Elle s'efforça de repousser le découragement qui menaçait de revenir. Elle devait faire le deuil de sa vie passée et aller de l'avant. Elle revint vers la table et voulut prendre une brioche pour la route, pressentant que celle-ci serait longue, lorsqu'elle avisa un papier plié en deux, coincé sous le panier. Elle le prit et vit avec soulagement une carte de la ville d'Azurite où sa mère avait indiqué le chemin vers le temple en entourant ce dernier au fusain. Sélène étudia le parchemin et constata avec soulagement que le temple était situé dans la forêt non loin de la chaumière de sa mère, à l'extérieur de la ville. Elle n'aurait donc pas à prendre le risque de traverser la ville et de tomber sur ses anciens camarades à la solde de l'archimage. Reconnaissante envers la prévoyance de sa mère, elle étudia la carte puis repéra le chemin qu'il lui faudrait prendre.

Elle trouva près de l'entrée une paire de bottes et une cape d'un vert sombre. Elle s'habilla puis quitta finalement la maison. Il n'y avait personne aux alentours, la chaumière était relativement isolée du reste de la ville ce qui la rassura.

Observant la carte, elle avisa le chemin qui s'enfonçait dans la forêt en contrebas du sentier. Elle la replia pour la glisser dans sa poche et pensa cette fois-ci à lever son bouclier pour masquer sa présence, bien décidée à ne pas commettre les mêmes erreurs que la veille et commença à dévaler le sentier. Les bruits de la nature s'éveillant avec le soleil pansèrent un peu ses blessures. Elle cessa de se fustiger pour apprécier l'instant de liberté que la vie lui offrait malgré les circonstances. Elle n'avait jamais eu l'occasion de marcher ainsi, seule dans la nature, et encore moins de voir cette campagne tant rêvée au fil de ses lectures. Les murs froids et gris de l'Académie avaient été son seul horizon. Pourtant elle n'avait pas été malheureuse. Ne connaissant pas la vérité sur son identité, elle avait ainsi pu évoluer et grandir dans un cocon. Cocon qui avait misérablement explosé lors de la cérémonie.

Ne souhaitant pas se laisser de nouveau submerger par le désespoir, elle repoussa ses idées noires et comprit qu'après tout, si cela s'était passé ainsi ce n'était pas un hasard. La déesse lui avait confié une mission. Elle avait veillé sur elle, cela montrait bien qu'elle n'était pas déchue par Opale. Après tout, elle était devenue la gardienne d'Azurite. Sélène devait protéger les habitants de la ville et de tout le continent s'il le fallait de la corruption. Tous les mages ne semblaient d'ailleurs pas encore partager les opinions raciales de l'archimage, selon les dires d'Eilin. S'il y avait une infime chance qu'elle parvienne à retrouver son père et à rétablir la vérité, alors Opale resterait dans cet état de paix et les discriminations cesseraient enfin.

Sélène en était là dans ses réflexions lorsqu'elle buta sur une racine qui la fit trébucher. Elle se rattrapa à temps, se maudissant une fois de plus pour son étourderie, puis elle constata qu'elle était arrivée à l'entrée de la forêt. Celle-ci s'ouvrait devant elle par un petit sentier pavé. Vérifiant qu'elle n'était pas suivie malgré son bouclier d'invisibilité, elle s'assura qu'elle était sur la bonne voie en jetant un œil à sa carte, avant d'entrer dans la forêt.

Sitôt à l'intérieur, elle eut l'impression que la nuit était retombée. Lourde, étouffante. Sélène resserra sa cape en se demandant où était passé le doux soleil qui l'avait accompagnée jusqu'à présent, mais elle continua à avancer. Le silence était pesant et malgré son invisibilité, elle se sentait épiée. Perdant toute notion du temps dans cet étrange univers qui semblait déconnecté du reste d'Azurite, elle continua à s'enfoncer dans la canopée qui semblait se refermer sur son passage, l'enserrant dans un étau inquiétant. Elle entendit enfin un bruit qui la rassura quelque peu. Celui de l'eau, une rivière peut-être. Elle progressa en direction de ce son, se raccrochant à lui pour ne pas sombrer puis déboucha enfin avec soulagement devant un lac d'un bleu aussi profond que l'azurite qui avait donné son nom à la ville. En s'approchant, elle constata que ce bleu si intense était dû à la présence de pierres au fond du lac. Elle se trouvait face à l'un des gisements d'azurite de la ville. Fascinée, elle s'agenouilla pour observer l'eau qui ondoyait devant elle. Oubliant son objectif, elle se baissa dangereusement vers cet élément si calme et envoûtant sans se méfier une seconde de la magie qui était à l'œuvre. Alors qu'elle s'apprêtait à tomber dans le lac, une main s'abattit brusquement sur son épaule la ramenant brutalement à la réalité.

— Attention ! Vous êtes inconsciente ! Il ne faut jamais se tenir si près du miroir d'azurite, il vous engloutira si jamais vous le touchez et vous irez rejoindre les âmes prisonnières des pierres qui tapissent ce sol.

Sélène reprit contact avec son environnement et s'ébroua pour finir de dissiper le charme qui l'avait séduite. Surprise, elle fit face à son sauveur.

— Je vous remercie de m'avoir aidée, mais comment avez-vous pu me voir, je…

— Votre bouclier s'est brisé sous l'effet du maléfice du lac, répondit calmement l'homme devant elle.

Interdite, elle observa plus attentivement son interlocuteur. L'homme devait avoir sensiblement le même âge qu'elle, peut-être plus. Ses cheveux étaient d'un noir d'encre, ses yeux lui donnait l'impression de contempler un ciel d'orage. Une barbe non taillée commençait à apparaître sur ses joues lui conférant un air plus ténébreux, mais cela n'impressionna pas la jeune élue. En revanche, ce qui retint davantage son attention fut sa tenue. L'homme était entièrement vêtu de noir, une arbalète était fixée dans son dos par un carquois et un poignard de chasseur était suspendu à son ceinturon. Sélène eut un mouvement de recul en percevant l'aura hostile émanant de lui.

— Veuillez m'excuser, mais je dois poursuivre mon chemin. Je me suis éloignée du sentier or je dois me rendre au plus vite au temple de la lune.

— Pourquoi est-ce qu'une élue voudrait aller au temple ? Seules les prêtresses ont le droit d'y effectuer des rituels, répondit l'homme sur un ton froid.

— Qui vous dit que je n'en suis pas une ? s'indigna Sélène.

— Je connais bien les prêtresses et vous n'êtes pas l'une des leurs.

— Je… Mais enfin, de toute façon cela ne vous regarde pas. Je dois m'y rendre et si je ne suis pas digne d'être une prêtresse à vos yeux, je n'en reste pas moins une élue, aussi veuillez m'excuser mais je dois quitter votre charmante compagnie pour me rendre où bon me semble !

Amusé, l'homme regarda Sélène reprendre la direction du sentier. Au fond de lui, il savait qu'il ne devait pas la suivre, pourtant une petite voix lui soufflait qu'il ne le regretterait pas.

Alors que Sélène se préparait à remonter son bouclier d'invisibilité, elle réalisa que l'homme la suivait toujours. Par provocation, elle se tourna vers lui et dans un sourire éleva son bouclier. Perplexe, celui-ci comprit rapidement la supercherie et lui fit croire que cela fonctionnait. Il fit mine de s'éloigner tandis que Sélène reprenait son chemin vers le temple, satisfaite de s'être débarrassée de ce trouble-fête.

Elle arriva finalement à proximité du bâtiment. Soulagée d'avoir atteint son objectif sans trop de difficultés, elle s'arrêta un instant pour reprendre son souffle. Elle avait perdu toute notion du temps depuis qu'elle était entrée dans la forêt. Heureusement, ce sentier lui avait permis de ne pas s'égarer. Enfin mis à part cette mésaventure au lac, elle était arrivée sans encombre à sa destination. Elle observa le temple et fut surprise par sa simplicité. De forme rectangulaire, il se dressait au cœur de la forêt. Fait en granit, il semblait entièrement faire corps avec la forêt dont les fleurs s'enroulaient autour des colonnes et les arbres laissaient leurs branches entrelacer la toiture et l'auvent de celui-ci. Seule la pierre de lune incrustée dans le fronton annonçait un lieu de magie. Sélène reprit sa marche et alors qu'elle s'apprêtait à entrer dans le temple une voix l'arrêta.

— Vous pensiez que votre ruse fonctionnerait ?

Surprise, elle se retourna brusquement vers l'homme qu'elle pensait avoir semé quelques instants plus tôt.

— Comment avez-vous pu me voir ?

— Disons que je n'ai peut-être pas été tout à fait honnête tout à l'heure en prétendant que votre bouclier était tombé à la suite du maléfice du lac.

— Mais, c'est impossible. Ma magie est censée me protéger en me dissimulant à la vue de tous.

— Voyons, on ne se connaît pas, mais tous les élus connaissent cette exception ! rétorqua-t-il avec une lueur de défi dans le regard

Touchée dans son orgueil, Sélène réagit :

— Aucun humain ou mage ne peut repérer une élue sous protection de son bouclier sans son accord ! Même l'archimage ne peut me trouver si je m'y oppose !

— Hum, vous êtes aussi orgueilleuse que ceux de votre espèce pour nier notre existence.

— Quoi, mais je…

Sélène porta la main à sa bouche, réalisant sa bévue.

— Un hybride… Vous êtes un homme-loup ?

— Quelle perspicacité, railla-t-il. Hybride, homme-loup sont autant de sobriquets dont on nous affuble pour nous diminuer un peu plus.

— Je suis navrée, je ne voulais pas vous blesser, répondit sincèrement la magicienne.

Dubitatif, l'homme la considéra afin d'évaluer sa sincérité. Jamais un élu ou un mage ne s'excusait devant un hybride. Cette femme était vraiment étrange. Sa curiosité l'emporta sur son animosité.

— J'accepte vos excuses à une condition.

— Laquelle ?

— Que vous me donniez votre nom.

— Je me nomme Sélène et je suis ou plutôt j'étais, une élue. Et vous ?

— On m'a donné le nom d'Elyas et je suis un hybride selon les caractéristiques dont la déesse m'a doté. Je suis aussi le gardien de ce temple c'est pourquoi je souhaite connaître vos intentions et savoir pourquoi vous souhaitez pénétrez dans ce lieu.

Sélène ne sut quoi lui répondre. Lui dire la vérité ? Et prendre le risque qu'il la croie folle ou pire encore qu'il la remette à l'archimage ? Lui mentir ? Mais elle n'avait jamais rencontré d'hybride jusqu'à présent, comment savoir s'il n'allait pas la percer à jour ? Elle opta pour une semi-vérité.

— Je recherche une personne. À la suite de ma cérémonie de confirmation, la déesse m'a octroyé une mission et pour la mener à bien, je dois retrouver l'un de ses fils. Il pourrait s'agir d'un orphelin recueilli par les prêtresses au temple il y a une vingtaine d'années.

Ce fut au tour d'Elyas de demeurer interdit. Il contempla Sélène avec un visage impassible, si bien qu'elle ne sut comment interpréter son silence. Après quelques minutes qui parurent insoutenables à la jeune fille, il détourna enfin le regard et reprit la parole.

— Bien je crois que votre mission touche à sa fin. Vous m'avez trouvé, déclara-t-il en rebroussant chemin.

Interdite, Sélène le regarda s'éloigner. Comment ça, elle l'avait trouvé ? Mais pourquoi s'en allait-il alors qu'elle venait tout juste de lui expliquer qu'elle avait besoin de lui s'il était bien celui qu'elle cherchait ? En proie au doute, Sélène comprit qu'elle risquait de le perdre de vue si elle n'agissait pas rapidement. Sans davantage réfléchir, elle s'élança à sa suite.

Chapitre IV

Haletante, Sélène parvint avec un peu d'aide magique à la hauteur d'Elyas. À son tour elle le stoppa en posant une main sur son épaule, cependant ce qui se produisit lorsqu'elle toucha ce dernier les surprit tous les deux. À l'instant même où ses doigts se refermaient sur sa peau, son médaillon s'éclaira et une intense lumière les enveloppa dans un cocon d'énergie. Elyas, incrédule, tourna la tête vers Sélène et lorsque leurs yeux se croisèrent, leurs marques s'embrasèrent. Sous l'effet de la douleur, Sélène relâcha l'épaule de l'hybride et s'écroula au sol les mains jointes sur son front appuyant sur sa marque pour atténuer la sensation de brûlure qu'elle ressentait. Elyas reprit son souffle en appuyant ses mains sur ses genoux tout en essayant de comprendre ce qui s'était produit. Il ressentait lui aussi la brûlure de sa marque sur son omoplate, mais il l'ignora, se préoccupant davantage de la jeune femme toujours à terre.

— Ne restez pas ainsi, venez, déclara-t-il en se redressant finalement et en lui tendant la main.

Tout en gardant la sienne sur sa marque, Sélène accepta l'aide d'Elyas pour se relever. Il la conduisit au temple où il apposa sa main libre sur la porte sans poignée. Une rune se forma alors sur le granit et reconnaissant son hôte, s'effaça en leur ouvrant le passage. Ils se dirigèrent au centre de l'édifice où trônait une vasque en marbre, entourée de deux bancs en granit. Il y installa Sélène et retourna près de la vasque. Déchirant un pan de sa chemise, il l'humidifia dans l'eau translucide et se rapprocha de la jeune femme. Alors qu'il écartait doucement la main de la magicienne pour apposer son cataplasme de fortune, il marqua un temps d'arrêt puis lui remit sa main en place pour retenir le bandage. Il se leva et lui tourna le dos, silencieux, essayant de comprendre ce qui venait de se produire.

Tout cela était invraisemblable. Lui, le garçon abandonné, élevé par des prêtresses, hybride et méprisé de tous, était devenu mercenaire et était désormais respecté et craint par-delà Azurite. Mais aujourd'hui, alors qu'il faisait escale au temple pour récupérer une partie de ses affaires en vue de son installation à Agate, il était tombé sur cette jeune fille complètement charmée par le lac. Il n'avait pu se résoudre à la laisser en proie à son funeste destin, d'autant qu'elle paraissait bien jeune pour mourir puis il avait reconnu la marque des élus. Cette marque qu'il haïssait pour l'avoir vue portée par les prêtresses. Celles-ci l'avaient élevé, mais contrairement aux croyances, elles n'avaient pas fait acte de générosité. Il leur avait été utile pour leurs expériences en sa qualité d'hybride. L'archimage en personne venait les soirs de pleine lune lui infliger des tortures plus humiliantes les unes que les autres, le rabaissant au statut de vulgaire animal. Seul un homme, mage lui aussi, venait lui rendre visite parfois et adoucissait son calvaire, mais jamais il n'avait osé lui dévoiler ses tourments. Peut-être que tout aurait pu être différent s'il avait eu le courage de parler… Chassant ses souvenirs, Elyas se retourna et interpella Sélène.

— Maintenant, dites-moi la vérité. Pourquoi êtes-vous ici ? Vous m'avez dit que vous n'étiez plus une élue, qu'est-ce que cela signifie ?

Surprise par le ton brusque d'Elyas, Sélène faillit perdre pied. Malgré la culpabilité de malmener ainsi la jeune fille, Elyas attendit sa réponse, les dents serrées. Il devait savoir si tout ceci n'était qu'une supercherie, une tentative de la part de l'archimage pour le récupérer. Il avait chèrement payé sa liberté, il ne comptait pas y renoncer si facilement.

Posant la compresse de fortune à côté d'elle, Sélène reprit ses esprits tandis que la douleur se dissipait. Elle leva les yeux vers Elyas et fut déstabilisée par la méfiance qu'elle lisait en lui. Ou plutôt par cette fragilité qu'elle percevait derrière tant de bravades. Il semblait écorché dans son âme. Elle décida de se livrer à lui. Si le médaillon avait agi ainsi lorsqu'elle avait touché la marque de l'hybride c'est qu'il était celui qu'elle recherchait. Maintenant elle devait savoir s'il accepterait de l'accompagner dans sa quête. Elle se leva et lui fit face. Seule la vasque les séparait.

— J'étais une élue jusqu'à hier. Hier était le jour de ma cérémonie de confirmation où je devais connaître mon identité et recevoir mon assignation au sein de la société d'Azurite. Seulement, rien ne s'est déroulé comme je l'escomptai.

Elyas ne disait rien, l'invitant à poursuivre par son silence obstiné. Il voulait tout savoir, ensuite il aviserait et prendrait une décision.

— J'ai appris que j'étais la fille d'une humaine et d'un archimage banni de la cité d'Azurite et de l'Académie pour trahison.

— C'est impossible ! Vous ne pouvez être le fruit d'une telle union ! Seuls les hybrides naissent de ces couples mixtes ! s'exclama le mercenaire interloqué.

— Croyez-moi, je pensais comme vous jusqu'à il y a encore quelques heures ! Je m'attendais à ce que ma vie change à la suite de la cérémonie, mais pas de cette façon. La déesse m'a ensuite délivré un message ou une prophétie je ne sais pas vraiment comment on peut nommer ce phénomène. Ce n'était pas le protocole habituel. D'autant que je suis la seule à l'avoir entendue. Peu importe, en bref elle me mettait en garde contre un complot et la corruption qui menaçait Azurite et le territoire d'Opale tout entier. Elle me confiait le rôle de gardienne et la mission d'assurer l'équilibre entre les espèces. Et j'ai aussi reçu mon artefact.

— Le médaillon ?

— Oui. C'est en le recevant que j'ai pris la mesure de mes pouvoirs, mais surtout que j'ai compris que quelque chose clochait. La lune m'a alors ordonné de m'enfuir et avant que je n'aie pu réaliser ce qu'il se passait, l'archimage s'en prenait à moi. J'ai réussi à m'échapper, mais avant de quitter l'Académie, j'ai trouvé les serviteurs. Ils étaient tous morts. Et un signe était peint sur le mur. Le symbole de l'orbe rouge.

Elyas frémit en entendant ces mots. Il se reprit et mit de l'ordre dans les informations reçues. S'il s'attendait à ça… Il eut de la peine pour cette jeune fille complètement inconsciente de la réalité du monde et qui avait découvert qu'en plus tout ce qu'elle pensait savoir n'était qu'un ramassis de mensonges. Néanmoins, il ne voyait toujours pas quel rôle il devait jouer dans tout ça.

— Cela n'a pas dû être facile, mais je ne vois pas en quoi cela me regarde, reprit-il sincèrement.

Déçue, Sélène rétorqua :

— D'après votre réaction vous êtes le fils de la lune que je recherche. Elle m'a dit de vous trouver et que vous m'aideriez dans ma quête. Je dois retrouver l'archimage banni pour traîtrise.

— Archimage qui se trouve être votre père si j'ai bien tout saisi.

— Vous êtes perspicace ! rebondit-elle en lui retournant la pique qu'il lui avait lancée quelques instants plus tôt. Mais à votre tour maintenant, dites-moi ce qui vous fait penser que vous êtes celui que je recherche outre le fait que vous soyez un hybride ?

— Vous cherchez un orphelin élevé par les prêtresses dans ce temple, il se trouve qu'à par moi, il n'y a jamais eu d'autres gamins correspondant à cette description à Azurite.

Sélène se mordit les lèvres et médita ses paroles. Elle eut un élan d'empathie pour cet homme ou plutôt pour l'enfant qu'il avait été. Ne pas savoir d'où l'on venait, se construire sans identité était une épreuve douloureuse. Elle comprenait mieux son attitude méfiante.

— Effectivement, la déesse ne fait rien au hasard et d'après la réaction de nos marques lorsque je vous ai touché l'épaule, j'en conclus que vous êtes bien l'homme que je devais trouver. Dans ce cas, acceptez-vous de m'aider ?

— Et quel est mon intérêt dans tout ça ?

—Pardon ? s'offusqua Sélène. Je vous parle de complot, de corruption, qu'une assemblée de mage regroupée sous le nom de l'orbe rouge menace de s'emparer d'Azurite et d'interdire les unions mixtes en éradiquant les hybrides et en soumettant les humains et vous me demandez quel est votre intérêt dans tout ça ?

— Hum, princesse il faut vous réveiller. Ce que vous avez appris hier, je le vis depuis vingt-quatre ans.

Sélène accusa le coup. Encore une fois ses paroles l'avaient touchée plus qu'elles n'auraient dû et elle se détourna pour ne pas laisser voir sa peine à ce mufle. Hors de question qu'il se réjouisse de son triomphe !

Elyas quant à lui s'en voulut de sa condescendance. Il n'avait pas à lui faire payer ses propres malheurs d'enfant. Il ne comprenait pas pourquoi cette fille le mettait face à ses blessures d'autrefois, ses douleurs qu'il avait soigneusement reléguées au plus profond de lui. C'était comme s'il sentait qu'elle pouvait l'aider à guérir. Une seule personne lui avait fait cet effet il y a bien longtemps. Il réagit soudain.

— Aedan… Vous êtes la fille d'Aedan !

— En effet, ma mère, je veux dire ma vraie mère pas notre mère spirituelle, m'a parlé de vous, c'est pour ça que je suis ici.

— Alors c'est Aedan que vous voulez retrouver. Après toutes ces années, combien cela fait-il ? Dix-huit ?

— Vingt ans, répondit froidement Sélène.

Soudain lasse de cette joute verbale elle se détourna vers la vasque.

— Écoutez, je sais que tout cela peut vous paraître fou et improbable, moi-même je peine à y croire, d'autant que partir à la recherche d'un homme dont je n'ai aucun souvenir et qui a disparu à la suite d'un combat contre l'archimage me paraît insensé. Je ne suis qu'une magicienne rejetée par les miens et plongée dans des complots qui me dépassent. Je ne vous demande pas de m'accompagner, car je n'ai aucun gage à vous offrir en retour. Je ne suis même pas digne d'une telle mission.

Elle commença à s'éloigner lorsque Elyas l'interpella :

— Attendez.

— Pourquoi faire ?

— Votre marque. Elle a changé.

Intriguée, Sélène rebroussa chemin et s'approcha de la vasque pour observer son reflet. D'abord ondulant, il devint plus lisse. À mesure que l'eau s'immobilisait pour lui renvoyer son image, Sélène sentit son cœur manquer un battement. Sa marque n'était plus seulement composée d'un croissant de lune, elle s'était étoffée d'une flèche sur laquelle deux croissants de sens opposés entouraient une lune pleine.

— C'est… impossible ! souffla-t-elle en touchant sa marque avec incrédulité.

Elyas dénuda son épaule pour vérifier la sienne et Sélène vit avec stupéfaction que la marque de l'hybride n'était plus seulement une lune pleine, mais qu'elle était devenue une triquetra. La fusion de sa propre marque représentant la déesse mère. Elle leva les yeux vers lui et vit que toute animosité avait quitté son regard.

— J'accepte. Je vous suivrai dans votre quête. Si la déesse vous a choisi et qu'elle me demande de vous protéger sur votre route alors je viendrai.

Sélène ne savait que répondre tant elle était soulagée et hocha simplement la tête. Elle ne pouvait expliquer pourquoi elle ressentait tant de soulagement en cet instant. Sans se l'expliquer, elle était certaine de pouvoir faire confiance au mercenaire. Désormais, il était temps qu'elle retourne voir Eilin pour récupérer ses affaires avant de partir à la recherche de son père. Peut-être se souviendrait-elle d'un détail qui pourrait l'aiguiller pour la suite de son aventure. Si on exceptait la cérémonie, pour le moment tout se déroulait sans heurts, c'en était presque trop facile…

Elyas omit cependant de lui dire qu'il avait une revanche à prendre sur Arthus. Si elle ignorait tout du complot de l'orbe rouge, lui en portait les stigmates dans sa chair. L'archimage devait payer. Pour ce qu'il lui avait fait à lui et aux siens. Sélène étant l'élue de la déesse, c'est elle qui représentait un miracle du fait de sa naissance. Naître hybride, femme et mage à la fois, faisait d'elle une créature puissante. Il se détourna et s'éloigna de la vasque pour aller devant l'autel depuis longtemps déserté par les prêtresses. Il s'agenouilla sous le regard étonné de Sélène et appuya sur l'un des pavés. Celui-ci s'effaça et laissa apercevoir une trappe. Il attrapa la besace dissimulée dans la cache et en sortit une chaîne d'où pendait une pierre. Sélène vit qu'il s'agissait d'un Œil de tigre capable de renvoyer les mauvais sorts à leurs émetteurs. Curieuse, elle se demandait si tous les hybrides connaissaient l'usage des pierres. Elle se rendit compte un peu honteuse du fait qu'elle ne savait rien de cette espèce si ce n'était leur double nature humaine et lupine. D'ailleurs, Elyas pouvait-il se transformer ? Elle n'avait jamais vu de loup en-dehors de ses livres…

Elle le vit sortir un autre objet de sa cachette qu'elle crut être un livre, mais ne put en savoir davantage, car il l'avait aussitôt rangé dans une poche intérieure de sa veste. Elle se garda bien d'émettre le moindre commentaire et attendit patiemment qu'il se relève.

— Bien, où allons-nous maintenant princesse ?

— Arrêtez de m'appeler ainsi ! s'exclama Sélène, exaspérée. Pour commencer, je dois récupérer mes affaires chez ma mère, elle m'a dit qu'elle m'attendrait, mais je ne sais pas depuis combien de temps je suis ici. Il est peut-être trop tard…

— Oh non pas d'inquiétude, le temps ne s'écoule pas dans cette forêt.

Hébétée, Sélène ne trouva rien à répondre et regarda le mercenaire s'éloigner en direction de la sortie.

— Alors, vous venez princesse ? Ne faisons pas attendre votre mère plus longtemps !

Irritée, elle rejoignit rapidement ce goujat qui, décidément, lui promettait une route animée, mais elle se fit la promesse de lui rendre la pareille. Il n'était pas question qu'il continue de se moquer ainsi d'elle sans qu'elle puisse en faire de même. Furibonde, elle le dépassa et quitta le temple. Avec un sourire en coin, Elyas regarda la furie rebrousser chemin et se dit qu'après tout il y avait pire comme mission que d'accompagner une princesse dans ses pérégrinations !

Chapitre V

Elyas rejoignit Sélène et marcha à sa hauteur. Ils restèrent silencieux un moment, puis la jeune femme, avide d'en apprendre plus sur ce nouvel environnement, rompit le silence.

— Pourquoi fait-il nuit dans la forêt alors que lorsque j'y suis entrée, le soleil se levait à peine ?

— Tiens, la princesse me parle de nouveau ? ironisa Elyas en se tournant légèrement vers elle.

Voyant qu'elle se renfrognait une nouvelle fois, il décida de lui répondre malgré son peu de goût pour la conversation. Elle s'était confiée à lui, il pouvait bien en échange lui en apprendre un peu plus sur la réalité d'Azurite. Pour une fois qu'un mage s'intéressait aux petites gens, cela valait le coup de tenter d changer les choses. Il ne serait pas dit qu'il n'avait pas essayé. Au mieux, ils avaient une chance autrement il aurait une raison supplémentaire d'en vouloir à la congrégation magique et élitiste des mages.

— Comme je vous l'ai mentionné tout à l'heure, le temps ne s'écoule pas ici.

— Pourtant il y avait bien de la vie autrefois dans cette forêt ?

— Pourquoi dites-vous ça ? s'arrêta Elyas, surprit par cette remarque.

— À l'Académie on nous présente cette forêt comme un lieu réceptacle de magie où les prêtresses se retrouvent pour célébrer l'astre lunaire. Pourtant entre l'obscurité permanente, le lac mortifère et le temple abandonné, on ne dirait pas du tout la même forêt ! expliqua Sélène en s'arrêtant à son tour.

Une ombre passa dans le regard d'Elyas. Il s'efforça de répondre en restant le plus détaché possible.

— À vous entendre, on croirait que vous n'êtes jamais sortie de l'Académie !

— C'est le cas, déclara Sélène en fronçant les sourcils.

Pourquoi prenait-il un malin plaisir à se moquer d'elle ainsi ? Lui en voulait-il d'être née mage ? Pourtant, elle n'avait pas demandé à venir au monde, encore moins d'être un monstre de foire. Il l'appelait « princesse », mais il ne connaissait rien de son enfance qui fut loin d'être aussi luxueuse qu'il semblait le croire.

Réalisant qu'il était peut-être allé trop loin une fois de plus, Elyas soupira et décida de se montrer plus aimable, ou tout au moins d'essayer de l'être.

— Pardonnez-moi princesse, je ne suis qu'un mercenaire et je n'ai pas l'habitude de côtoyer une personne d'un si haut rang.

— Mais enfin, ça suffit ! s'exclama-t-elle. Je n'y peux rien si vous êtes né hybride. Mon enfance ne fut pas aussi riche que vous semblez le croire. Nous avions peut-être le confort, mais la liberté nous était retirée dès notre arrivée à l'Académie. Nous étions voués corps et âmes, aux études et à notre congrégation. Aujourd'hui, tout ce que je pensais être vrai a volé en éclat alors si vous ne pouvez pas me donner plus d'informations sans vous abstenir de vous moquer, laissez tomber je les chercherai moi-même !

Sélène se détourna et reprit son avancée en direction de l'extérieur de la forêt. Elle était lasse de cet endroit et de son obscurité oppressante. Elle rêvait de soleil, de sentir un vent léger sur sa peau. Elle en avait assez d'être enfermée que ce soit à l'Académie, dans cette forêt ou à l'intérieur d'elle-même.

Elyas la rattrapa en quelques enjambées et prit la parole.

— Les prêtresses ont abandonné la forêt il y a une dizaine d'années. Depuis, la nature a repris ses droits. Le temple ne reçoit plus d'adepte. En réalité, le temps s'est arrêté lorsque l'orbe rouge a profané ce lieu.

Comprenant que c'était sa façon de s'excuser, Sélène fut soulagée de constater qu'il n'était pas aussi froid qu'elle le pensait de prime abord. En revanche, un détail lui revint.

— Mais, les prêtresses ne vous ont-elles pas élevé ?

— Hum, oui. J'avais quatorze ans quand elles sont parties. Je suis resté ici quelque temps puis j'ai quitté Azurite pour chercher une autre vie ailleurs.

Respectant son souhait de ne pas se dévoiler davantage, elle n'insista pas. Elle préféra changer de sujet.

— Vous avez mentionné l'orbe rouge, leur existence est donc officielle ?

— Je ne dirai pas cela ainsi, leurs exactions sont secrètes. Enfin, elles l'étaient au début, mais depuis quelques mois, les atteintes envers les hybrides et les humains sympathisants sont de plus en plus nombreuses. Des personnes disparaissent sans que l'on sache pourquoi, certains sont attaqués lors de leur cérémonie d'union. Il n'y a plus eu de mariages mixtes depuis des années.

— Mais pourquoi personne n'intervient ? s'étonna la jeune femme.

— Et au nom de quoi ? Seuls les hybrides et les humains sont visés, les mages eux-mêmes, s'ils ne sont pas tous sous la coupe de l'orbe rouge, s'inquiètent du peu d'élus recrutés ces derniers temps.

— Mais cela n'a pas de sens, insista Sélène. Les unions entre mages ne sont pas forcément mieux que les unions mixtes puisqu'ils ne peuvent pas avoir plus d'un enfant par couple. La concentration de pouvoir est trop grande et au-delà d'un enfant la magie pourrait les corrompre.

— Je suppose que c'est pour cela qu'Arthus vous a gardé sous sa coupe toutes ces années.

— Que… oh !

Sélène réalisa soudain la portée des paroles d'Elyas.

— Il cherche à comprendre comment un mage et une humaine ont pu enfanter une élue !

— En effet, vous étiez vraisemblablement l'une de ses pistes de recherche.

— Et quelle était l'autre piste ? rebondit la jeune femme.

— Je vous l'ai dit. L'orbe rouge a profané cette forêt en menant des expériences sur des hybrides.

Cette révélation finit d'ébranler Sélène. Elle s'arrêta, horrifiée, comprenant que la folie d'Arthus était grande à l'instar de son pouvoir.

— Alors, c'est vrai ? Il s'adonne à la magie interdite… mais pourquoi sur les hybrides et pas sur les mages ?

— Pour nous étudier. Pour comprendre comment fonctionne notre magie d'homme-loup. Nous arrivons à la sortie de la forêt.

Sélène se retourna et constata qu'ils étaient en effet à la lisière de la canopée. Elle voulut interroger davantage Elyas mais il avait repris son masque d'impassibilité. En sortant des bois, elle eut un sentiment étrange. Le mercenaire lui fit signe de garder le silence et il lui indiqua son médaillon.

Comprenant sa demande, Sélène éleva son bouclier pour les dissimuler tous deux au regard d'autrui. S'ils venaient à croiser des mages, ils sentiraient leur présence sans pour autant parvenir à les localiser précisément.

Ils remontèrent le sentier tandis qu'une angoisse sourde grandissait en Sélène. Elle ne comprenait pas d'où lui venait cette soudaine inquiétude, mais pour l'avoir ressentie quelques heures avant sa cérémonie, elle sut qu'elle devait apprendre à se fier à son instinct. Elle perçut le changement d'attitude d'Elyas avant même qu'il ne la prenne par le bras pour la conduire vers un bosquet à quelques pas de la maison d'Eilin. Sélène compris alors d'où lui venait son mauvais pressentiment. Avec horreur, elle assista, impuissante, à l'incendie qui ravageait la maison de sa mère. Elle voulut hurler, mais aucun son ne sortit de sa bouche. Elyas la maintenait contre lui pour l'empêcher de se dégager et de courir vers une mort probable. Elle discerna la présence d'un groupe de personnes, tous vêtus de longues capes rouges. Une capuche recouvrant leurs visages l'empêchait de les identifier, mais elle reconnut une voix qui lui fit perdre tout contrôle.

— Ainsi Aedan pensait que je ne trouverais jamais sa cachette ! Quel imbécile. Protéger ce lieu par la rune du feu ! Au fond, c'est presque poétique lorsque l'on sait que la signification de son prénom est justement cet élément ! J'aurais dû y penser plus tôt, ricana l'archimage.

Sélène voulut se lever, mais la poigne de son compagnon était trop forte.

— Je dois aller aider ma mère ! Elle a pris des risques pour moi, je devrais être avec elle, murmura-t-elle le cœur au bord des lèvres.

— Non, ce serait suicidaire, répondit le mercenaire d'un ton sans appel.

Elle voulut se rebeller, mais un cri aigu retentit tandis qu'un pan de la toiture s'effondrait sur lui-même. Son sang ne fit qu'un tour lorsqu'elle comprit que sa mère était dans la maison. Elle s'apprêtait à utiliser sa magie pour intervenir quand un mage sortit de la ferme en flamme en tenant sa mère par les cheveux. Il la traîna jusqu'aux pieds de l'archimage et la jeta à terre.

— Alors Eilin nous nous retrouvons aujourd'hui. Tu sais ce que je veux !

— Jamais, cracha cette dernière en tentant de reprendre son souffle.

— Je sais que Sélène est venue ici, je sens sa magie imprégner les lieux. Cette idiote a utilisé la magie du sang sans prendre garde de masquer ses traces. Il me fut facile de la suivre et de déjouer la magie d'Aedan !

— Elle n'est plus ici.

— Vraiment ?

L'archimage lança un regard autour de lui, Sélène mordit l'intérieur de ses joues pour ne pas se précipiter sur eux. Arthus se rapprocha d'Eilin, l'attrapa et la plaça devant lui en la menaçant d'un poignard sur la gorge.

—Sélène, tu peux encore sauver ta mère. Rends-toi et nous oublierons ce malentendu. Tu as le choix, tu peux nous rejoindre et corriger les erreurs de la nature avec nous ou tu peux fuir et vivre en paria comme ton père, toute ta vie !

Arthus appuya sa lame sur la gorge d'Eilin et un filet de sang s'échappa de sa blessure. N'y tenant plus Sélène se dégagea brusquement de la poigne d'Elyas qui tomba rudement sur le sol sous le coup de la surprise. Elle se leva et attendit d'être face à l'archimage pour lever son bouclier et ainsi permettre à Elyas de rester dans l'ombre.

— Je suis là, archimage !

Celui-ci marqua un temps d'arrêt, puis ricana froidement.

— Ainsi tu en sais déjà plus sur mon compte.

— Je sais que vous êtes un traître et que vous êtes à la tête de l'orbe rouge. Vous êtes un assassin ! Tous ces gens dans l'Académie, pourquoi les avoir tués ?

— Ces vermines sympathisaient avec les hybrides. Il est temps que l'orbe rouge se dévoile au grand jour. Tu es la preuve que les unions mixtes pervertissent notre sang et notre magie ! cracha l'archimage en dévoilant son visage déformé par la haine.

— Vous parlez de perversion ! Vous, qui usez de magie noire ! Lorsque les habitants d'Azurite sauront ce que vous faites, ils se soulèveront contre vous ! Les élus reviendront des villes alentour et protégeront Opale de votre influence !

— Mais que tu es naïve ! déclara l'archimage. Crois-tu que nous sommes les seuls à partager cette vision ? Tous les mages des six provinces abondent dans mon sens ! Que comptes-tu faire ? Soulever une rébellion, seule ?

— Elle n'est pas seule, intervint Elyas en s'approchant de leur groupe, révélant sa présence.

— Tiens, tu as adopté un chien ? lança l'archimage avec mépris en fusillant l'hybride du regard.

Elyas serra les poings, mais ne répondit pas à l'injure. Sélène compris que toute cette histoire, la dépassait. Néanmoins, si la corruption avait gagné les autres cités d'Opale, l'archimage n'avait mentionné ni le désert de quartz ni les montagnes d'obsidienne. Pour l'heure, elle devait protéger sa mère. Mais comment l'atteindre ? Comme si elle avait lu dans ses pensées, Eilin releva la tête.

— Sélène pars, ne reste pas ici. Fais ce que nous avions convenu. Le feu se chargera de purifier ses crimes !

— Non, je ne te laisserai pas ici ! protesta Sélène désemparée.

— Je t'aime ma fille, je suis et serai toujours près de toi.

Sans que quiconque n'ait le temps de réagir, Eilin sortit un poignard dissimulé dans les pans de sa robe et se l'enfonça dans le ventre. Sélène hurla et rejoignit sa mère alors que celle-ci s'écroulait au sol. L'archimage surpris, avait relâché son étreinte et regardait le corps gisant à ses pieds. Il resta immobile un instant avant de se reprendre et de tenter de s'emparer de Sélène lorsqu'une intense douleur lui fit retirer sa main. Furieux, il avisa le couteau de chasse qui la transperçait. Il vrilla son regard incandescent dans celui d'Elyas.

— Sale chien, comment oses-tu me défier ! Tuez-le ! ordonna-t-il à ses sbires tout en retirant la lame de sa paume.

Elyas se mit en position de combat, mais Sélène le devança. Tenant toujours sa mère dans ses bras, la jeune femme releva la tête et interpella l'archimage et ses disciples :

— Arthus ! Vous ne tuerez plus un seul innocent aujourd'hui !

L'archimage porta son regard sur l'insolente et frémit en voyant que les yeux de son ancienne élève étaient devenus entièrement blancs. Ses cheveux formaient une auréole autour de son visage. Sa magie se déversait en faisceaux électriques autour d'elle. Elle leva un bras et assena un arc de feu fulgurant à ses ennemis qui furent projetés sous l'impact. Arthus lui-même fut soulevé de terre et alors qu'il s'apprêtait à se relever, il vit Elyas rejoindre Sélène. Il leur lança à son tour une attaque, mais elle fut déviée par l'Œil de tigre de l'hybride. Sélène éleva son bouclier et ils disparurent aux yeux des disciples de l'orbe rouge. Furieux, l'archimage fit signe à ses acolytes de se replier. Le feu se chargerait de nettoyer leurs traces. De toute façon, il était temps d'agir au grand jour. L'ère de l'orbe rouge était venue…

Ils disparurent laissant Sélène anéantie. Elle refusait de lâcher sa mère qui continuait de perdre du sang. Elyas lui mit la main sur l'épaule.

— Sélène…

— Quoi ? aboya-t-elle en se dégageant de son étreinte.

— Ton père a fait de ce lieu un sanctuaire pour protéger ta
mère…

— Et alors ? Tu parles d'une réussite !

— Sélène ! Fais-moi confiance ! Le feu ne l'aurait jamais
tuée ! insista le mercenaire.

Sonnée, Sélène laissa Elyas prendre le corps de sa mère. Il
avança vers la maison encore en proie aux flammes et entra.
Effrayée, la jeune femme se releva et les suivit à son tour. Le
feu lécha sa peau, l'air était irrespirable, mais elle refusait de
laisser sa mère seule. Elle ne comprenait pas ce que faisait
Elyas. Il était forcément fou. Il déposa le corps sur la table
de la cuisine et malgré la fumée qui lui brûlait les yeux il
resta près d'elle. Sélène arriva à ses côtés et, alors que le
craquement de la toiture qui finissait de s'effondrer sur eux
lui parvint, elle ferma les yeux. Elle ne s'attendait pas à
mourir ainsi et pourtant elle était auprès de sa mère. Résignée,
elle prit la main d'Elyas et celle d'Eilin et attendit que tout
finisse.

Chapitre VI

Surpris par le contact de la jeune femme sur sa main, Elyas se tourna vers elle. Les yeux fermés, celle-ci semblait attendre la mort. Il toussota pour la faire revenir à la réalité. Lorsque Sélène rouvrit les yeux, elle fut incapable de bouger tant le spectacle qui s'offrait à eux lui parut irréel. Les flammes parcouraient le corps de sa mère, léchant sa peau et refermant ses plaies au fur et à mesure de leur progression. Incrédule, Sélène vit que le feu avait formé une bulle protectrice les dissimulant dans le tas de ruines qu'était désormais cette maison. Réalisant que la mort ne viendrait pas la chercher dans l'immédiat elle relâcha la main d'Elyas, gênée par sa réaction, mais celui-ci fit comme si de rien n'était à son grand soulagement. Elle évita de croiser son regard et s'approcha de sa mère. Le corps de celle-ci se soulevait doucement signe qu'elle respirait encore, mais elle n'avait pas repris connaissance pour autant. La curiosité prenant le pas sur la honte, Sélène se tourna vers Elyas.

— Que se passe-t-il ? Pourquoi le feu ne nous a pas tués ?

— Décidément, vous n'écoutez pas princesse !

Sélène nota le passage au « vous » reprit par son compagnon alors que quelques instants plus tôt la barrière du langage avait été levée dans le feu de l'action. Sans pouvoir se l'expliquer, le fait que l'homme-loup tienne à rétablir une distance entre eux la chagrinait. Elyas, s'il remarqua son trouble, n'émit aucun commentaire et continua le plus naturellement possible.

— Vous m'avez confié que cette maison était protégée par le sceau de votre père. En révélant ce lieu, la magie de l'archimage a dû déclencher celle d'Aedan. Le feu visait à protéger Eilin et non à la tuer. Je suppose qu'elle aurait dû s'enfuir et faire croire à sa mort pour ensuite être à l'abri de l'orbe rouge.

— Mais ils l'ont trouvée d'abord et elle a essayé de se sacrifier pour que je ne tente pas de l'aider, murmura Sélène, attristée.

— Elle a fait cela pour vous protéger, c'est ce que toute mère ferait. Enfin, je suppose… tenta de la consoler Elyas.

— Que faisons-nous à présent ?

— Le mieux serait de lever le camp. Ce lieu n'est plus sûr désormais.

— Mais comment transporter ma mère dans cet état ? protesta Sélène dépitée.

Elyas réfléchit un instant puis un détail retint son attention.

Il remarqua un éclat au niveau de la poitrine d'Eilin. Sur sa robe noircie se trouvait une poche dans laquelle il avisa un éclat de quartz. Sélène faillit s'indigner en voyant Elyas toucher le corps de sa mère, mais lorsqu'elle comprit ce qu'il tenait, elle s'approcha pour examiner la pierre. Ce petit éclat rose était frais contre sa paume moite et lui apporta calme et sérénité. Alors qu'elle se sentait apaisée, elle eut une intuition et tenta de poser la pierre sur le front de sa mère. À l'instant où celle-ci toucha la peau d'Eilin, elle s'illumina quelques instants puis s'éteignit brusquement. Stupéfait, Elyas lui lança un regard curieux, mais ne sachant quoi lui dire, Sélène haussa les épaules. Le feu s'était arrêté et la chaumière était en piteux état. Le toit avait succombé aux flammes, les meubles étaient irrécupérables hormis la table sur laquelle reposait Eilin. Les portes en bois n'étaient plus que cendres, en revanche les murs porteurs, en pierre, avaient résisté et leur offraient un relatif abri aux yeux indiscrets. Elle regarda autour d'eux afin de voir si elle pouvait sauver quelque chose, elle avisa les brioches près d'Eilin qui avait échappé à la crémation, les enroula dans un torchon et les tendit à Elyas afin qu'il remplisse sa besace. Puis elle entreprit de faire le tour des ruines, elle parvint à retrouver deux robes qui étaient suspendues dans la pièce d'eau, elle les prit ainsi qu'un linge propre qui avait survécu à l'incendie puis elle revint auprès de sa mère. S'adressant à Elyas, elle entreprit de délacer ce qui restait de la robe d'Eilin.

— Nous allons partir, mais avant je souhaite vérifier que ma mère n'ait plus de blessures qui risquent de s'infecter. Il y a un puits à quelques mètres derrière la maison, pouvez-vous aller me chercher un peu d'eau ?

— D'accord, mais faites vite. Bien qu'isolée la fumée émanant de l'incendie a dû alerter les gens du village. Nous ne serons bientôt plus seuls.

— Je sais, j'y pense, affirma Sélène.

Elyas se retint d'insister et alla chercher de l'eau. Enfin seule avec sa mère, Sélène inspira puis entreprit de lui ôter ses vêtements souillés. Elle passa ensuite sa main au-dessus du corps d'Eilin afin de révéler la présence de blessures internes. Faisant appel à sa magie, sa main s'illumina. Avec soulagement elle ne trouva aucune plaie. Eilin était seulement inconsciente, probablement à la suite du choc et à l'énergie qu'avait suscitée sa guérison magique. Bien qu'humaine, sa mère bénéficiait d'une protection puissante : l'amour d'Aedan. Émue par ce prodige, Sélène se promit de tout faire pour réunir ces âmes sœurs. Elle entreprit de passer la robe propre qu'elle avait trouvée à sa mère puis elle fit de même avec ses propres vêtements qu'elle troqua contre la deuxième robe. Non pas qu'elle fût coquette surtout dans un moment pareil, mais elle se disait que pour passer inaperçu, une tenue noircie par les flammes n'était pas la meilleure option. Elyas revint au moment où elle tentait de lacer sa robe dans son dos. Il resta un instant figé dans l'entrebâillement de la porte puis il se secoua et aida la jeune femme à refermer sa robe.

Surprise par ce contact, Sélène ne dit rien et le laissa faire. Jamais un homme ne l'avait ne serait-ce qu'effleurer. Les cours de l'Académie n'étaient pas mixtes et ses camarades se tenaient tous à distance d'elle sans qu'elle n'ait jamais vraiment su pourquoi. Elle retint son souffle tandis qu'elle avait pleinement conscience de la présence du mercenaire dans son dos. Bien que leur première rencontre n'ait pas été des plus sympathiques, elle devinait des qualités indéniables derrière sa rudesse.

Malgré son léger trouble, Elyas laça la robe d'une main experte, ignorant volontairement le contact du velouté de la peau de la mage, puis retourna près de la table où il déposa le seau. Sélène le remercia puis le rassura sur l'état de sa mère pour combler le malaise qui s'était installé. Elle nettoya le visage de cette dernière et invita Elyas à faire de même pour effacer les traces de cendres pendant qu'elle tressait les cheveux d'Eilin.

— Pourquoi tant de soins ? Vous pensez réellement que c'est le moment princesse ? Certes, cette robe vous sied davantage, mais est-ce bien le moment de penser aux apparences ?

— Les apparences comme vous dites, Monsieur le mufle, vont nous permettre de nous déplacer un peu plus discrètement que si nous avions l'air de brigand ! Arthus dirige Azurite, il va sûrement mettre nos têtes à prix, vous l'avez dit vous-mêmes, dans l'immédiat personne ne peut lui résister. Alors en attendant de trouver mieux, nous allons essayer de récupérer des montures pour quitter cet endroit le plus vite possible et pour cela nous devons essayer de passer inaperçus.

— Je suis d'accord avec votre raisonnement, mais vous avez toujours l'air d'une princesse, non d'une paysanne !

— Donnez-moi votre couteau.

— Pardon ? s'enquit Elyas, sceptique.

— Donnez-le-moi ! s'impatienta Sélène.

Le mercenaire obtempéra ne sachant à quoi s'attendre avec cette jeune femme de plus en plus imprévisible. Elle dénoua sa tresse et après avoir sélectionné certaines mèches elle trancha une partie de ses cheveux de façon à dissimuler sa marque sous ces derniers. Abasourdi, Elyas observa les mèches glisser vers le sol. La princesse venait de remonter dans son estime. Ce qu'il pensait être de l'orgueil était une réelle volonté de mener à bien sa mission et de protéger sa mère. Il réalisa que tous les mages n'étaient peut-être pas aussi égoïstes et imbus d'eux-mêmes qu'il le pensait. Sélène termina sa besogne en tressant ce qu'il restait de sa chevelure brune puis elle remit sa cape.

— Sortons, quittons cet endroit, il n'y a plus rien pour nous ici.

— Enfin une parole sensée, approuva Elyas.

— Mais ne cesserez-vous donc jamais de m'attaquer ? réagit Sélène au quart de tour.

Pour toute réponse, Elyas prit Eilin dans ses bras et se dirigea vers l'arrière de la maison.

Sélène marmonna et ne vit pas le petit sourire du mercenaire qui la précédait vers l'extérieur. Arrivant au niveau du puits, un éclat retint son attention. En s'approchant plus près des pierres, elle remarqua que plusieurs éclats provenaient de la structure même de celui-ci. Elle interpella

Elyas. Celui-ci se retourna et n'eut pas le temps d'arrêter Sélène. Déjà, elle apposait sa main sur l'une des pierres qui s'effaça et un grondement sourd se fit entendre. Le puits se mit à trembler puis il se déplaça de quelques mètres sur la gauche. Surprise, Sélène se tourna vers Elyas.

— Un passage secret ?

Le mercenaire se rapprocha et huma l'air pour tenter d'en apprendre davantage sur ce passage.

— L'eau semble circuler dans une cavité, mais l'accès est dégagé. Votre mère vous a-t-elle parlé de ce tunnel ?

— Non, juste de la maison, mais nous n'avons pas vraiment eu le temps de s'étendre sur les vingt dernières années, répondit Sélène avec amertume.

— Que faisons-nous ?

Sélène observa le passage qui descendait dans les profondeurs de la terre. Avisant la chaumière en ruine qui fut le lieu d'une magie extraordinaire, elle choisit de faire confiance à ses parents. Elle lança un regard à Elyas puis descendit dans la cavité. Dans un soupir, le mercenaire rajusta sa prise sur Eilin et suivit l'élue dans le tunnel. Lorsqu'ils furent entrés dans le passage, le puits regagna sa place initiale, protégeant le secret de leur destination. Les deux acolytes furent alors plongés dans le noir et ils s'immobilisèrent.

— Et maintenant, princesse ? C'est quoi le plan ? On meurt ici tous les trois après avoir survécu à un incendie ? lança

79

Elyas, désabusé.

— Oh, vous ça va ! Vous n'aviez qu'à pas me suivre je ne vous ai pas forcé !

Alors qu'il allait répliquer, un bruit sourd le fit se mordre la langue. Il huma les lieux et sentit qu'un groupe de personne approchait d'eux.

— Nous ne sommes pas seuls, restez près de moi, murmura Elyas.

— Hum, on joue les protecteurs maintenant ? répliqua Sélène.

— À votre guise princesse, passez devant si vous préférez !

— Je suis déjà devant et…

Elle ne put achever sa phrase. Un craquement retentit à quelques pas d'eux et des torches s'allumèrent le long des parois du tunnel. Éblouie par la soudaine clarté qui inondait le souterrain, Sélène mit quelques instants à s'habituer à la lumière. Trois personnes se tenaient devant eux, une femme et deux hommes. Ils se regardèrent aussi surpris les uns que les autres puis la femme s'avança. Dans l'éclat des flambeaux, Sélène put voir qu'elle était à peu près de l'âge de sa mère, d'une corpulence fine, mais musclée. Ses cheveux roux étaient retenus en chignon au-dessus de son crâne et ses yeux verts l'observaient avec curiosité. Les deux hommes qui l'accompagnaient lui rappelaient un peu Elyas avec leur attitude méfiante. Ils avaient les yeux vairons, le crâne rasé et portaient la même tenue en cuir marron. Une hache était suspendue dans leur dos, mais nul doute qu'ils seraient rapidement en mesure de l'avoir en main si le besoin s'en faisait sentir. Sélène se rapprocha d'Elyas, en prenant soin de dissimuler sa mère.

— Qui êtes-vous et comment êtes-vous arrivés ici ? interrogea la femme aux cheveux de feu.

— Je pourrai vous retourner la question, riposta Sélène.

— Ce lieu est un endroit seulement connu de nos membres. Vous ne devriez pas être là.

Percevant la menace derrière son ton doucereux, Sélène décida de tenter le tout pour le tout.

— Nous avons été attaqués et ma mère a besoin de soin. Nous cherchions un lieu sûr.

Incrédule, la femme se rapprocha puis Sélène se décala légèrement pour laisser apercevoir sa mère et confirmer sa version.

— Eilin ! s'exclama la femme rousse.

— Vous… Vous connaissez ma mère ? balbutia la magicienne qui allait de surprise en surprise depuis la cérémonie.

— Ta mère ? Tu es la fille d'Eilin et Aedan ? C'est impossible ! Elle m'a dit que tu étais morte !

— Non je… J'étais à l'Académie où je suivais ma formation d'élue jusqu'à ma cérémonie de confirmation où… Mais peu importe qui êtes-vous ?

Perplexe, la femme rousse leva une main vers le visage de Sélène, celle-ci se raidit tandis qu'Elyas émit un grondement sourd en guise d'avertissement. Les deux hommes qui accompagnaient la femme dégainèrent leur hache. Elle souleva les cheveux de Sélène et avisa sa marque d'élue.

— Par la déesse, Sélène c'est bien toi ! Je… Je suis la sœur d'Eilin, Alana.

Pétrifiée, Sélène ne sut que répondre. Alana la prit dans ses bras et les trois hommes quittèrent leur attitude menaçante.

— Venez, ne restez pas ici, vous allez tout nous expliquer ! reprit Alana avec émotion. Angus et Glenn sont des membres de notre groupe, vous pouvez baisser vos armes.

— Mais de quel groupe parlez-vous ? demanda Sélène à bout de nerfs.

— Eilin ne t'en a pas parlé ? Nous sommes la résistance !

Chapitre VII

Désarçonnée, Sélène se tourna vers Elyas qui haussa les épaules. Pour la première fois depuis leur rencontre, lui aussi semblait pris au dépourvu. Alana prit les choses en main et les invita à l'accompagner tandis que Glenn et Angus ouvraient la voie. Ils suivirent le trio dans un dédale de souterrains et la jeune femme fut soulagée d'avoir des guides, car elle doutait qu'ils aient pu s'en sortir seuls dans ce labyrinthe. Elyas portait toujours Eilin qu'il avait refusé de laisser aux mains des deux gorilles tant qu'il n'en saurait pas davantage sur eux. En tant que mercenaire, il avait voyagé d'une ville à l'autre, mais jamais il n'avait entendu parler de mouvement de résistance même dans les quartiers les plus misérables d'hybrides qu'il ait pu rencontrer. Cependant ils n'étaient pas réellement en position de force dans l'immédiat, le mieux qu'il pouvait faire était d'observer et d'aviser ensuite. Son instinct de loup le poussait à rester sur ses gardes bien qu'il ne ressente pas de mauvaises intentions de la part de cette Alana.

Après une marche silencieuse, ils arrivèrent finalement à un croisement où Alana apposa sa main sur l'un des murs qui leur faisait face.

— C'est un système de reconnaissance. Seuls nos membres peuvent ouvrir le passage, expliqua-t-elle à l'attention de Sélène et Elyas.

Le rocher s'illumina un instant et laissa place à une ouverture. Ils entrèrent et la paroi se referma sur eux. Elyas grogna de nouveau, mais ne dit rien. Ils avancèrent et débouchèrent sur une vaste salle circulaire aménagée de façon spartiate avec des tables et des bancs. Des zones de couchage étaient aménagées à même la roche et dissimulées derrière de grands rideaux opaques. Une dizaine de personnes les regardaient passer l'œil inquisiteur, mais un geste de la main d'Alana suffit à les apaiser. Celle-ci envoya Glenn quérir un guérisseur tandis qu'Angus indiqua à Elyas où il pouvait déposer Eilin. Celui-ci chercha l'accord de Sélène qui hocha la tête. Il déposa alors Eilin et en la regardant mieux il vit effectivement une ressemblance avec Alana. Il se recula et se posta près de Sélène. Un homme s'approcha alors et Elyas se hérissa à son contact.

— Qu'est-ce que cela signifie ? C'est un mage ! Vous nous avez menti ! s'écria-t-il en attrapant son arbalète et en le tenant en joue.

Sélène se tourna vers l'homme et vit qu'il s'agissait bien d'un mage. Celui-ci eut un sourire triste, mais Alana répondit avant lui en s'interposant entre l'hybride et son allié.

— Calmez-vous, oui Albus est un mage, mais il n'appartient pas à l'orbe rouge ! Il nous a rejoints quelque temps après la disparition d'Aedan. Vous pouvez nous faire confiance, jamais je ne ferai de mal à ma sœur.

— Elyas, je pense que nous devrions l'écouter, déclara Sélène en posant une main apaisante sur le bras du mercenaire.

Il la regarda intensément puis fit taire sa rage et rangea son arbalète. Rassurée, Alana les invita à s'asseoir pendant qu'Albus s'occupait d'Eilin.

— Je crois que nous avons beaucoup de choses à nous dire. Allons venez par ici, en cas de problème Glenn et Angus nous préviendront. Venez vous restaurer un peu pendant que vous m'expliquerez ce que vous faites ici et ce qui est arrivé à Eilin.

Sélène plongea son regard dans celui d'Elyas. Sans un mot ils se comprirent et allèrent s'installer face à Alana. Le mercenaire restait sur ses gardes, mais il avait confiance en Sélène. Fait qu'il ne s'expliquait toujours pas d'ailleurs, lui qui était solitaire depuis tant d'années et dont la confiance avait été brisée il y a bien longtemps par celles-là mêmes qui devaient le protéger.

Écorché vif, il s'était promis de ne jamais montrer la moindre faiblesse et de ne jamais s'attacher. Pourtant, sa rencontre avec Sélène lui avait fait revoir bon nombre de ses préjugés sur les mages notamment et les personnes de haut lignage. En un sens, ils se ressemblaient beaucoup, bien que venant de deux mondes opposés. Ils avaient été trahis par les leurs et s'étaient retrouvés seuls du jour au lendemain, puis, ils s'étaient rencontrés et la solitude dans laquelle se complaisait le mercenaire jusqu'ici, perdait peu à peu de son sens.

Sélène fit face à celle qui disait être sa tante. Elle devait bien reconnaître qu'elle avait les mêmes yeux verts et la même la chevelure rousse qu'Eilin. Après tout, cela devait être vrai. En ayant passé vingt ans loin des siens, il n'était pas surprenant que Sélène ignore tout de sa propre famille. Ce constat la rendit amère. Sa seule consolation était la présence du mercenaire. Elle ne se l'expliquait pas, mais le fait qu'il soit à ses côtés était un vrai soutien. Il l'avait protégée sans hésiter face à l'archimage puis il l'avait suivie sans poser de questions jusqu'ici. Il semblait croire en sa mission bien plus qu'elle-même. Néanmoins, il avait aussi un air secret. Elle sentait qu'il cachait des blessures dont il ne voulait pas parler. Sa magie lui permettait de percevoir des cicatrices dans son âme, mais elle respectait son silence. Après tout, ils ne se connaissaient pas suffisamment pour se confier de manière si profonde et puis sans doute ne le ferait-il jamais. Elle n'était qu'une « princesse » à ses yeux et ce n'était pas un compliment venant de sa part. Revenant à l'instant présent, elle accepta le verre tendu par sa tante puis sonda rapidement le contenu pour vérifier la présence d'un éventuel poison. Oui, la naïveté avait atteint ses limites et Sélène se voulait être plus prudente désormais. Rassurée, elle but une gorgée de l'étrange breuvage sucré.

— Nous avons beaucoup à nous dire. Si tu veux bien Sélène, j'aimerais que tu commences et je comblerai les manques en complétant avec ce que je sais. Cela vous convient ?

Les deux compagnons hochèrent la tête, puis Sélène commença à raconter son histoire. Ce que lui avait appris Eilin au sujet de sa naissance, du pacte avec Arthus puis de la trahison de l'archimage et la disparition d'Aedan. Elle expliqua ensuite ces vingt années passées à l'Académie. Une vie austère tournée vers les études, l'apprentissage du Code, le développement de sa magie qui n'atteindrait son potentiel qu'après la cérémonie de confirmation. Elyas écouta attentivement cette partie qu'il ignorait et s'en voulut d'avoir taquiné la jeune femme sur une enfance prétendument dorée quand finalement elle s'était retrouvée aussi seule que lui. Sélène expliqua que ses souvenirs lui avaient été ôtés à son arrivée à l'Académie, qu'elle n'avait aucune idée de son identité malgré les visites de sa mère. Celle-ci ne lui avait jamais rien dit de peur de ne plus être autorisée à la voir. Enfin elle relata ce qui s'était produit le jour de la cérémonie, ce jour où chaque élu reprenait place officiellement dans la société d'Azurite et qu'elle attendait avec impatience pour pouvoir enfin être libre de découvrir le monde. Elle mentionna le rituel puis le moment où elle but à la coupe et reprenait conscience de son identité, elle évoqua le regard de l'archimage et l'artefact qu'elle reçut de la part de la déesse. Elle hésita à dévoiler les paroles de la déesse, mais elle se lança et rapporta la mission que lui avait assignée l'astre lunaire, sa quête pour retrouver Aedan et mettre fin à la corruption. Alana l'interrogea sur la présence d'Elyas et Sélène lui indiqua alors la prophétie de la lune mentionnant un de ses fils qui l'aiderait dans sa quête.

Alana hocha la tête, approuvant la présence de l'hybride. Elle écoutait attentivement sa nièce qu'elle pensait morte, puis elle serra les poings en entendant le sort subi par Eilin alors que Sélène et Elyas revenaient de la forêt. La jeune femme s'arrêta à leur arrivée dans le passage révélé par le puits en précisant que c'était un éclat de quartz qui l'avait intriguée. Après un moment de silence, où elle réfléchit aux paroles de Sélène, Alana tint sa promesse en complétant le récit de la jeune femme avec ce qu'elle savait de son côté.

— Tout d'abord, j'ignorai que tu étais vivante. Eilin m'avait expliqué que tu n'avais pas survécu à l'attaque de l'archimage, mais à présent je comprends qu'elle avait dû taire la vérité pour te protéger et pouvoir garder un œil sur toi. C'est elle qui a posé les bases de notre mouvement. Elle avait eu cette prescience que nous n'avions pas eue à la suite de l'accession d'Arthus au pouvoir. Nous nous sommes tous laissés manipuler par l'archimage et ses disciples. Nous étions tellement convaincus que cet ordre agissait dans l'intérêt commun de chaque espèce... Puis lorsque Eilin a épousé Aedan, elle a commencé à m'alerter, mais je n'ai pas voulu l'écouter jusqu'à ce qu'il soit trop tard. Quand j'ai ouvert les yeux, Aedan avait disparu, tu étais officiellement morte dans nos registres et personne ne remettait en question la montée au pouvoir d'Arthus.

— C'est ma mère qui a fondé la résistance ! s'exclama Sélène, stupéfaite.

— Oui. Nous étions les premiers à la rejoindre puis lorsque l'orbe rouge a commencé ses exactions contre les hybrides et les humains qui leur venaient en aide, les consciences se sont peu à peu éveillées et des sympathisants nous ont rejoints. Beaucoup d'hybrides, mais aussi des humains et des mages qui ont compris le double jeu d'Arthus et n'approuvent pas ses valeurs. Albus fut le premier à nous rejoindre et depuis il vit ici.

— L'orbe rouge est-elle connue au-delà d'Azurite ? interrogea Sélène. L'archimage prétend qu'il a des alliés dans chaque ville.

— Hum, c'est plus compliqué que cela. En tant qu'archimage de la capitale d'Opale, Arthus impose son autorité sur l'ensemble des congrégations magiques des autres villes. En revanche, son implication en tant que chef de la guilde de l'orbe rouge et leurs actions sont, elles, officieuses. Si les gens avaient connaissance des crimes perpétrés par ces mages corrompus, ils se seraient rebellés depuis longtemps.

— Mais alors, pourquoi ne pas faire entendre la vérité à chacun ? s'enquit Sélène.

— C'est ce que nous essayons de faire, mais il s'agit d'un archimage Sélène ! Sa magie est grande. Puissante au point de faire passer ton père pour un traître alors qu'il défendait les intérêts d'Opale, expliqua calmement Alana.

Sélène pris le temps de réfléchir aux propos de sa tante. La situation était effectivement plus complexe que la simple synthèse qu'elle s'en faisait. Arthus était perfide et intelligent, la corruption serpentait dans l'ombre et grandissait en se nourrissant des peurs de chacun… Diviser la population pour mieux légitimer ses actions… Un détail lui revint alors.

— Elyas m'a expliqué que des personnes disparaissaient et n'étaient jamais retrouvées. C'est l'orbe rouge qui se cache derrière ces actes ? Que font-ils à ces personnes ?

Alana jeta un œil en direction d'Elyas. Son visage restait impassible, mais elle n'était pas dupe.

— Les mages de l'orbe rouge sont persuadés que la magie risque de disparaître à force d'unions mixtes engendrant des hybrides et non des élus. La magie des hybrides consiste à cette capacité de se transformer en loup. Jusqu'à présent, nous pensions que seuls des garçons naissaient de ces unions. Mais tu es la preuve que les mariages mixtes ne sont en rien un obstacle à la pérennité de la magie. Chose que nous ignorions jusqu'à présent. En tout cas, cela explique les expériences menées sur les hybrides par Arthus et ses sbires, réfléchit Alana.

— Les expériences ?

— Nous ne savons pas exactement en quoi elles consistent, puisque nous n'avons jamais revu aucune des victimes de l'orbe rouge, mais on raconte qu'Arthus inflige des tortures aux hybrides pour comprendre comment ils fonctionnent. Des sévices physiques, psychologiques. Il les force également à se reproduire avec d'autres hybrides ou des humains pour tester leur progéniture qui ne survit généralement pas aux expériences. Une fois ses sujets d'étude inaptes, il s'en débarrasse en usant de magie noire pour augmenter son pouvoir.

Horrifiée, Sélène porta la main à sa bouche. Elle se tourna vers Elyas mais celui-ci s'était levé et s'était éloigné de l'autre côté de la pièce.

— Tu l'as perçu aussi n'est-ce pas ? demanda doucement Alana.

— De quoi parles-tu ? rétorqua Sélène sur la défensive.

— Du fait qu'il soit un loup brisé.

Sélène plongea son regard dans celui de sa tante et elles se comprirent sans plus de paroles. Alana lui serra la main en guise de soutien puis elle se leva afin de demander des nouvelles d'Eilin à Albus. Elle conseilla à Sélène de parler à Elyas avant de revenir s'enquérir de l'état de sa mère.

S'approchant doucement du mercenaire, Sélène tendit sa main vers lui, mais se ravisa en se remémorant ce qu'il s'était produit dans la forêt. Elle se racla la gorge pour lui signifier sa présence bien que cela ne fût pas utile.

— Qu'y a-t-il princesse ? Vous avez de la peine pour le pauvre hybride torturé ? railla Elyas amer.

— Non, j'ai de la peine pour l'enfant abandonné qui n'a connu qu'une vie de souffrances, répondit calmement Sélène.

Touché, Elyas lui fit face.

— Comment peux-tu le savoir ?

— Je… Cela fait partie de mes dons de percevoir les émotions des autres. Cela s'appelle l'empathie.

— Alors depuis le début tu m'espionnes ?

— Bien sûr que non ! Je ressens les émotions, je n'entends pas les pensées ! se rebiffa Sélène. J'ai simplement ressenti que tu étais brisé ou plutôt que ton âme était déchirée.

Sous le choc, Elyas se tut un instant. Elle était la première personne à lui faire cette révélation. Arthus l'avait torturé des années durant sans comprendre pourquoi il n'était pas un hybride achevé. Se pourrait-il que Sélène possède des dons supérieurs à ceux de l'archimage du fait de sa naissance exceptionnelle ?

— Oui, les prêtresses m'ont torturé selon les ordres de l'archimage. Elles ont abusé de moi, m'ont infligé des sévices puis voyant que je n'étais pas un hybride achevé comme elles disaient, elles ont délaissé le temple de la lune pour rejoindre Arthus à l'Académie ou une autre proie les attendait.

— Tu veux dire que… Par la déesse, c'est à cause de ce qu'elles t'ont fait subir que la forêt est devenue un lieu profané !

Elyas ne dit rien, il se contenta de soutenir son regard. Sélène sentait la rage grandir en elle. Comment avait-on pu laisser un enfant aux mains de ces traîtresses ? Elle se promit de venger Elyas et tous les autres, hybrides, humains ou encore mages ayant subi les actes odieux d'Arthus et de ses disciples. Elle était née pour les libérer et être la gardienne de la paix à Opale alors elle assurerait son rôle. Elle était touchée de la confiance qui se tissait entre elle et le mercenaire. Il avait levé les barrières du vouvoiement pour passer au tutoiement naturellement et elle savait que c'était important pour l'hybride. Hésitante, elle osa tout de même demander.

— Tu as toujours été… Incomplet ?

— Oui. Je n'ai jamais pu me changer en loup.

Sélène acquiesça. Cette cassure qu'elle avait perçue dans son âme, c'était cela. Elle se promit de tout faire pour reconnecter sa part lupine à sa part humaine si cela était possible. Elyas soupira puis changea de sujet.

— Bon, je crois que ta tante nous attend, nous devrions nous enquérir de l'état d'Eilin.

Hochant la tête, Sélène le suivit et ils rejoignirent en silence Alana qui était en grande conversation avec Albus. En regardant autour d'elle, Sélène observa les personnes qui se trouvaient en ce lieu et qui échangeaient avec sincérité et altruisme. Ces dernières heures lui avaient plus appris que ces vingt dernières années. Elle acceptait peu à peu tout ce qui lui avait été révélé. Malgré la gravité de la situation tout prenait enfin sens dans son esprit. Elle ne savait pas encore comment, mais elle se promit de tout mettre en œuvre pour être à la hauteur de son rôle. Sa mère bien qu'humaine était une héroïne de s'être tant battue dans l'ombre. Il en était de même pour son père qui, malgré sa disparition, n'avait cessé de protéger Eilin. La jeune femme admirait ses parents et rêvait de connaître un jour un amour aussi pur et sincère. Trouver son âme sœur et affronter tous les obstacles ensemble…

Chapitre VIII

Alana les sentit approcher dans son dos. Elle se retourna et un sourire illumina son visage. Elle fit signe à Sélène de la rejoindre. Celle-ci s'avança et Albus lui laissa la place au chevet de sa mère. Eilin avait repris connaissance et malgré sa mine épuisée, elle sourit en voyant sa fille venir vers elle.

— Mère, je suis si heureuse que tu sois réveillée ! J'ai eu si peur… Pourquoi ne t'es-tu pas enfuie ? Pourquoi es-tu restée dans la maison ? Tu n'aurais jamais dû te sacrifier pour moi, souffla Sélène en serrant la main de sa mère dans les siennes.

— Doucement jeune fille ! Tu es si impétueuse, je vois tellement Aedan à travers toi, répondit tendrement Eilin en essuyant une larme qui roulait sur la joue de sa fille.

Elle tenta de se redresser, mais Alana fut plus rapide et l'aida à s'asseoir en ajoutant une couverture pliée dans son dos.

— Je t'avais promis de t'attendre. Je voulais te parler de la résistance avant que tu ne partes et je voulais te donner des remèdes pour le voyage, mais j'ai été surprise par l'orbe rouge. J'ai attendu dans la maison malgré les flammes, mais je ne pensais pas qu'un des mages oserait pénétrer dans la demeure pour m'en extirper. Ensuite, tu es arrivée et il était hors de question que je laisse Arthus poser la main sur toi. Pas une deuxième fois, alors que je pouvais agir.

— C'est insensé, tu aurais pu mourir ! protesta Sélène.

— Mais je m'y suis préparé depuis longtemps, la mort ne m'effraie pas, perdre les miens en revanche est un sort pire que la faucheuse.

Eilin se tut et accepta la tasse tendue par Albus. Alana posa sa main sur l'épaule de Sélène.

— Ta mère va avoir besoin de repos pour se remettre totalement de ces épreuves. Le feu a cautérisé ses blessures, mais Albus doit soigner l'infection intérieure qui la ronge à cause de la lame utilisée par Arthus pour entailler sa peau. Nous prendrons soin d'elle en votre absence, précisa-t-elle en regardant Elyas.

Ce dernier hocha la tête, mais garda le silence pour respecter ce moment d'intimité entre Sélène et sa mère. Réalisant qu'elle n'avait même pas présenté le mercenaire à Eilin, Sélène l'invita à approcher :

— Mère, je ne vous l'ai pas présenté, mais voici Elyas, le fils de la lune. Je l'ai rencontré dans la forêt, vous aviez raison pour le temple.

— Ma dame, salua respectueusement Elyas en inclinant la

tête.

Eilin sourit puis tendit son autre main au mercenaire.

— Aedan me parlait souvent de vous avant qu'il ne disparaisse. Il aimait beaucoup vous rendre visite.

— Ses visites m'étaient précieuses également, répondit Elyas les yeux voilés par le souvenir du mage.

Surprise par l'aveu du mercenaire, Sélène se retint pourtant d'intervenir pour ne pas briser ce moment de confiance. Eilin reprit.

— Je suis rassurée de vous savoir aux côtés de ma fille. Je vous ai vu intervenir pour la protéger de l'archimage, je vous en suis sincèrement reconnaissante.

— C'est aussi grâce à lui que tu es parmi nous, reprit Sélène. C'est lui qui a fait le lien avec la magie du feu et qui nous a conduits au cœur des flammes.

— Hum, si votre fille avait été plus attentive, elle aurait trouvé la solution par elle-même, rétorqua Elyas dont la gratitude dont la jeune femme faisait preuve commençait à le mettre mal à l'aise.

— Non, mais, même devant ma mère vous vous comportez comme un goujat ! s'exclama Sélène furibonde en se redressant.

Eilin sourit en voyant les deux jeunes gens se chamailler. Elle percevait leur complicité derrière leurs différences et fut soulagée de savoir que sa fille ne serait pas seule pour affronter le périple qui l'attendait.

— Dans ce cas merci à vous deux, trancha Eilin. Et je suis heureuse que vous ayez trouvé cet endroit, je comptais partager ce secret avec toi avant ton départ, mais heureusement le destin a su t'amener sur ce chemin autrement.

— C'est grâce au quartz, réagit Sélène. Elyas a trouvé un éclat sur toi et j'ai noté qu'il y en avait sur les jointures des pierres du puits.

— C'est Aedan qui m'avait expliqué la particularité de ces pierres. Comme il savait que je les aimais beaucoup et qu'il tenait à nous protéger s'il devait lui arriver malheur, il m'a offert une pierre de quartz et a mis au point l'entrée sous le puits. Il savait que notre maison était bâtie sur les anciens lieux de cultes voués à la déesse lunaire. L'archimage Arthus ignore qu'ils existent. En se détournant du culte de la déesse mère pour embrasser la magie interdite il n'a plus eut accès au savoir des anciens, expliqua Eilin.

— C'est une bonne chose, approuva Sélène. Au moins, je te laisse en sécurité cette fois-ci.

— Oui, ne t'inquiète pas pour moi, répondit tendrement sa mère. Alana va t'expliquer ce qu'ils ont découvert au cours de leurs dernières missions, cela pourra peut-être vous aider.

— Nous allons te laisser te reposer, mais je te promets de revenir avec Aedan.

Eilin ne put retenir une larme qui roula silencieusement sur sa joue puis elle enlaça sa fille. Après un dernier au revoir, ils s'éloignèrent pour lui permettre de se reposer, mais elle interpella discrètement Elyas.

— Aedan m'avait confié votre secret, souffla-t-elle. Le jour où il est allé affronter Arthus, il m'a dit qu'il savait comment vous aider. Je n'en sais pas plus, mais si vous le retrouvez je suis persuadée qu'il vous libérera.

— Je souhaite surtout qu'il aide Sélène à libérer Opale de cet usurpateur, répondit Elyas.

— Vous êtes un homme bien, Elyas, veillez sur ma fille s'il vous plaît.

— Je vous le promets.

Eilin hocha la tête puis se rallongea. Elyas la laissa se reposer et rejoignit Alana en pleine conversation avec Sélène. L'espoir de pouvoir se transformer l'avait depuis bien longtemps quitté, de même que celui de retrouver ses véritables origines. Il ne saurait probablement jamais pourquoi il avait été abandonné…

À son approche, Alana reprit ses explications pour qu'ils soient tous les deux au fait des derniers événements.

— Nos réseaux nous ont appris que l'orbe rouge avait étendu sa bannière sur les murs de l'Académie, après l'attaque chez Eilin ce matin. En dévoilant ainsi leurs intentions, ils déclarent une guerre ouverte à leurs opposants et les gens n'osent plus se révolter. Ils ne connaissent pas encore ton rôle dans cette histoire, mais nous nous occupons de cette partie.

Nous allons essayer de fédérer le plus de résistants possibles en votre absence. Nous vous avons préparé des vivres pour le trajet, ainsi que deux nattes, des couvertures et une tenue de rechange. J'ai également complété votre paquetage avec les remèdes conseillés par Eilin. Heureusement pour nous, Albus a toujours des potions à disposition ! Angus vous prépare une carte d'Opale pour vous aider également à atteindre votre destination.

— Justement qu'elle est notre destination ? intervint Elyas.

— J'ai beaucoup réfléchi, commença Sélène qui, en voyant le sourire en coin du mercenaire ne put s'empêcher de préciser : Oui contrairement à ce que certaines personnes pensent, je sais écouter lorsque c'est important ! Bref, Arthus a dit avoir rallié à sa cause les mages des cinq villes entourant la capitale. En revanche, il n'a pas mentionné les montagnes d'obsidienne. Ma mère m'a également indiqué ce lieu en expliquant l'intérêt de mon père pour cette région inexplorée et surtout cette pierre dont personne ne connaît les propriétés.

— Les montagnes d'obsidienne ? s'exclama Elyas. Mais cela signifie qu'il nous faudra traverser le désert de quartz, c'est impossible. Si l'archimage ne s'aventure pas dans ces lieux, c'est pour une bonne raison : ils sont hostiles à toutes formes de magie. Les mages comme les hybrides ne peuvent y survivre, je ne crois pas que votre père ait pu…

Elyas s'arrêta lorsqu'il vit les yeux gris de Sélène s'assombrir. Il garda pour lui la suite de son opinion et attendit la réaction d'Alana. Celle-ci ne se fit pas attendre.

— Je suis d'accord avec Sélène, Arthus est bien trop imbu de lui-même pour s'attendre à voir venir une menace par-delà le désert. Si j'étais Aedan, c'est là que je me serais réfugiée. En revanche, vous allez devoir vous changer, vous ne pouvez partir ainsi vêtu pour vous engager dans le désert, remarqua Alana.

Elyas soupira puis accepta les vêtements ramenés par un jeune garçon à son attention et à celle de Sélène qui le remercia. L'adolescent eut les joues rosies de fierté et il partit rejoindre ses compagnons de l'autre côté de la salle. Elyas se demanda quel rôle ces jeunes enfants jouaient dans la résistance. Percevant son trouble, Alana crut bon de préciser.

— Beaucoup des nôtres ont des familles et pour les protéger de l'orbe rouge, nous cachons leurs enfants dans différents lieux connus de nous seuls. La plupart sont des hybrides et ils sont chassés pour les expérimentations dont nous avons déjà parlé.

Elyas serra les poings puis demanda où il pouvait se changer. Alana leur désigna chacun une alcôve dissimulée par des paravents. Ils se séparèrent et Sélène rejoignit son espace. Elle retira sa robe et enfila un pantalon beige, une tunique pourpre renforcée au niveau de la taille et aux manches évasées permettant de glisser des avant-bras dans lesquels étaient dissimulés deux poignards. Elle enfila ses bottes puis avisa un seau d'eau dont elle profita pour faire une toilette sommaire. Un miroir était pendu sur le mur et elle jeta un œil sur son reflet. Sa coupe de cheveux sommaire pour camoufler sa marque n'était pas une grande réussite. Des mèches de taille différentes retombaient sur son front de manière désordonnée. Un léger coup sur le paravent interrompit son examen. Elle sursauta et vit avec soulagement sa tante, entrant dans l'alcôve. Alana la rejoignit avec une paire de ciseaux et l'invita à s'asseoir sur la seule chaise de l'endroit exigu. Sans un mot, elle entreprit d'arranger les cheveux de sa nièce. Ceux-ci cascadaient jusqu'en bas de son dos aussi elle choisit de les raccourcir jusqu'aux épaules. Elle égalisa les mèches sur son front en un joli dégradé qui mettait davantage en valeur son visage qu'une frange mal dégrossit. Une fois qu'elle eut terminé, elle laissa Sélène découvrir son nouveau reflet. Émue, la jeune femme embrassa sa tante, reconnaissante pour ce cadeau. Sa marque était dissimulée et elle se sentait beaucoup mieux sans la masse de cheveux qu'elle portait depuis des années. Ainsi, elle serait moins reconnaissable.

En sortant de l'alcôve, elle entreprit de passer sa cape sur ses épaules, puis d'ajuster les lanières de son paquetage sur son dos. Elle fut déstabilisée un instant par le poids de son balluchon, mais Albus lui apprit un sort rapide et efficace consistant à rendre son paquetage aussi léger que si elle ne portait rien.

Reconnaissante, elle lui sourit, puis s'apprêta à rejoindre sa mère pour un dernier adieu. Elle fut surprise de voir Elyas revenir vers elle pour prendre ses affaires. Lui aussi s'était changé et avait troqué ses habits en cuir contre des bottes, un pantalon beige comme le sien avec des jambières, une chemise blanche sous un plastron marron, des avant-bras munis eux aussi de poignards et deux ceinturons dans le dos dans lesquels reposaient son arbalète et deux poignards. Il avait pris le soin de tailler sa barbe et paraissait plus jeune. Elle interrompit son observation en comprenant qu'elle le dévisageait ouvertement. Pour se donner contenance, elle revint vers sa mère pour lui faire ses adieux.

Elyas remarqua lui aussi le changement de la jeune femme et songea que cette coupe lui allait beaucoup mieux que la précédente. Mais pour rien au monde il ne le lui dirait, ou peut-être pour la taquiner sur cet excès de coquetterie en période de crise ? Il passa sa cape à son tour et l'agrafa sur ses épaules puis attrapa son balluchon. Il attendit que Sélène revienne vers lui pour prendre congé de leurs hôtes.

Alana les conduisit à l'entrée qu'ils avaient empruntée quelques instants plus tôt puis déverrouilla le système de sécurité.

— Je vous accompagne jusqu'au point de sortie le plus proche du désert, expliqua-t-elle. Sur la carte, Angus a dessiné les points de ravitaillement possible et connu par la résistance, mais je dois admettre que nous ne nous sommes jamais aventurés dans le désert…

— Merci pour ce que vous avez fait pour nous, l'arrêta Sélène. C'est prendre déjà beaucoup de risques de nous offrir ces informations et un voyage dans les meilleures conditions possibles. Nous aviserons sur la route.

Elyas hocha la tête approuvant les propos de la jeune femme. Alana acquiesça à son tour et les conduisit dans le dédale de tunnels de l'ancien lieu de culte lunaire. Après quelques mètres, elle s'arrêta de nouveau face à un mur. Avec un éclat de quartz, elle actionna l'ouverture de celui-ci. Avant de leur faire ses adieux, elle confia la pierre à Sélène.

— De la part de ta mère, précisa-t-elle avec douceur. C'est la dernière chose que nous pouvons faire pour vous pour l'instant. Faites-nous parvenir de vos nouvelles grâce au quartz les nuits de pleine lune. Ainsi nous saurons où vous en êtes et nous nous tiendrons prêts pour votre retour.

— Prêts à quoi ? s'étonna Sélène.

— À lutter contre l'archimage bien sûr, répondit Alana.

Surprise, Sélène ne répondit rien. Ils se firent leurs adieux et se quittèrent, laissant le mur se refermer sur Alana. Voyant le trouble de la jeune femme, Elyas lui demanda :

— Que se passe-t-il ?

— Je ne pensais pas que ça se déroulerait comme ça.

— Comment ça ?

— Je pensais retrouver mon père et qu'il reprendrait sa place à Azurite, pas que nous déclencherions une guerre où des innocents perdraient la vie !

— Mais enfin, à quoi t'attendais-tu Sélène ? rétorqua vivement Elyas perdant patience.

Surprise, elle lui fit face et fut abasourdie de lire de la colère dans son regard.

— Nous sommes déjà en guerre depuis des années ! L'orbe rouge s'est servi de ton père puis à présent de toi comme prétexte pour mener ses exactions et renforcer son influence sur le territoire ! Ils ont déjà conquis la capitale et ont révélé leur présence et leurs objectifs à tous. Il leur sera plus simple désormais d'accueillir des sympathisants en faisant de nous des hors-la-loi et en pourchassant la résistance ! Il y a déjà eu des morts et il y en aura d'autres, réveille-toi !

— Puisqu'à tes yeux je ne suis qu'une princesse sans cervelle et une enfant inconsciente, nous ferions mieux d'en rester là.

Elle partit sans se retourner, blessée par les paroles d'Elyas. Celui-ci resta un instant perplexe, puis soupira avant de la rejoindre. Ils marchèrent sans un mot puis comprenant que c'était lui qui avait la carte, Sélène s'arrêta.

— Que fais-tu là ?

— Ne te méprends pas ce que tu as dit est vrai, tu es une princesse naïve, mais tu m'as fait une promesse et je t'en ai fait une également. Nos chemins sont liés tant que nous n'avons pas respecté notre parole.

Furibonde, Sélène fusilla de ses yeux gris l'insolent hybride qui continuait de se jouer d'elle. Au fond, elle était soulagée qu'il reste même s'il était suffisant et prétentieux.

— Dans ce cas, sors la carte et dis-moi où nous devons nous diriger, ordonna-t-elle.

— Pardon ? s'étouffa-t-il devant l'aplomb soudain de la jeune femme.

— Je suis une princesse alors j'ordonne et tu exécutes !

répondit-elle un air de défi dans le regard.

Joueur, Elyas, sortit la carte et indiqua le nord-est. Sélène le remercia puis commença à s'avancer vers le sud. Éclatant de rire, il la rejoignit rapidement.

— Une princesse qui n'a pas le sens de l'orientation ! Pardonnez-moi, ma Dame, mais le nord-est se trouve de l'autre côté !

Elyas prit les devants et Sélène le suivit en grommelant. La route allait être longue et elle ne savait pas s'ils allaient s'entendre jusqu'au bout de leur périple…

Chapitre IX

Ils remontèrent le sentier longeant la forêt bordant Azurite, jusqu'à atteindre les limites de la ville. Sélène observa avec curiosité chaque chemin, chaque champ puis chaque ruelle, profitant de l'instant pour découvrir la cité. Cependant, elle s'étonnait de n'avoir croisé âme qui vive dans les lieux qu'ils venaient de traverser. La journée était maintenant bien avancée, les hommes devraient être aux champs et les marchands sur les routes. Intriguée, elle s'abrita derrière un arbre pour observer un peu plus attentivement leur environnement. Réalisant que la jeune femme ne le suivait plus, Elyas stoppa sa progression.

— Mais que fais-tu ? Nous sommes presque sortis de la ville et jusque-là sans encombre, chercherais-tu à nous faire repérer ?

— Mais non voyons, j'aimerais juste comprendre pourquoi nous n'avons croisé personne. On dirait qu'Azurite est devenue une ville fantôme !

Elyas suivit son regard et remarqua effectivement que les champs étaient désertés, les rues vides et silencieuses. À contrecœur il demanda à Sélène de rester à l'abri, tandis qu'il allait voir en éclaireur s'il pouvait glaner des informations. Après lui avoir fait promettre une centaine de fois de ne pas bouger, il la laissa finalement et partit rapidement pour la rejoindre au plus vite. Ayant entrevu sa facilité à s'attirer des ennuis, il n'était pas serein à l'idée de la laisser seule en arrière. Sans pouvoir se l'expliquer, il ressentait l'irrépressible besoin de la protéger. Pourtant ils se connaissaient à peine et elle avait fait irruption dans sa vie en ramenant à lui ses démons du passé. Il cherchait à se convaincre que c'était uniquement parce que c'était la volonté de la déesse qu'il l'avait accompagnée, toutefois il ne pouvait nier que cette aventure lui permettait aussi de réaliser sa propre vendetta. Et puis, la détresse de la jeune femme avait éveillé quelque chose en lui qu'il ne pensait pas être capable de ressentir, encore moins pour quelqu'un de son espèce !

Il longea le mur d'enceinte de la ville puis tendit l'oreille aux aguets. Seul le bruissement des feuilles dans les arbres et le son de sa propre respiration lui parvenait. Intrigué, il descendit plus avant et prit le risque de rejoindre la rue principale. Là, il se protégea des regards derrière une colonne puis observa les alentours. Les échoppes étaient fermées, les volets des maisons étaient restés clos. Son regard se dirigea vers l'Académie et ce qu'il vit lui glaça le sang. Deux bannières surmontées du symbole de l'orbe rouge flottaient dans les airs. Devant la porte de l'Académie, le corps d'un homme se balançait piteusement au bout d'une corde. Elyas s'approcha davantage et remarqua un écriteau aux pieds du cadavre qui stipulait « *Voici le sort réservé aux traîtres* ».

Rebroussant chemin, Elyas serra les poings et se retint de hurler sa rage. Il n'était pas encore temps. Un détail attira son attention. Des affichettes étaient placardées sur les murs de la ville. Il en arracha une et constata que Sélène et lui-même avaient leur tête mise à prix en tant que traître envers l'Académie. C'en fut trop pour le mercenaire, il était bien conscient qu'il ne pouvait pas encore agir à découvert néanmoins il y avait une chose qu'il pouvait faire. Il décocha son arbalète et visa la corde qui retenait l'hybride. Le carreau atteignit sa cible et se ficha dans la porte de l'Académie tandis que le corps retombait durement sur le sol. Elyas chercha du regard une torche pour enflammer le cadavre, refusant de le laisser aux sbires d'Arthus pour d'éventuelles expérimentations macabres lorsqu'une main se posa sur son épaule. Il se retourna brusquement, menaçant de son arbalète celui qui l'avait surpris quand il la reconnut.

— Décidément, tu n'écoutes jamais ! grogna le mercenaire.

— Cela faisait un moment que tu étais parti, nous n'avions pas convenu du temps que je devais rester en arrière alors je suis venue.

Elyas lui remit l'affichette offrant une récompense pour leur capture. Après l'avoir parcourue rapidement du regard, Sélène la plia et la rangea dans sa cape puis elle dirigea son regard vers le cadavre. Elle fit le lien avec le carreau d'Elyas enclenché dans son arbalète et d'un geste elle enflamma celui-ci. Reconnaissant, l'hybride hocha la tête et visa le corps. Il atteignit sa cible et ils rendirent un hommage silencieux à l'innocente victime tandis que son corps se consumait. Une de plus au compte de l'orbe rouge. Sélène regarda une dernière fois l'Académie qui n'était plus le foyer où elle avait grandi pendant presque vingt ans. Elle contraignit Elyas à rebrousser chemin. Il était temps pour eux de partir et de mettre fin à ce règne de terreur et de dictature.

Ils quittèrent rapidement Azurite sans rencontrer d'obstacle. Néanmoins, Elyas n'était pas naïf. Ce qui les attendait n'était pas moins dangereux que ce qu'ils laissaient derrière eux. Personne ne se rendait dans le désert. Du moins en dehors de ceux chassant aux abords des dunes ou encore de la population de la cité d'Œil de tigre qui exploitait le minerai qui avait donné son nom à la ville dans les mines situées à l'est de leur royaume. Azurite était la capitale d'Opale et concentrait la part la plus importante de la population de mages du territoire. En revanche, les autres villes avaient développé des spécialités propres à chacune. Les résidents de la cité d'Œil de tigre étaient des chasseurs hors pair. Hommes et femmes étaient égaux et combattaient férocement. Ils formaient la garde armée d'Opale. Il y avait peu de mages en raison du climat désertique de la cité. Le soleil avait tendance à épuiser la magie de ces derniers qui avaient besoin des rayons lunaires pour atteindre leur plus haut potentiel. À l'ouest d'Azurite se trouvait la ville d'Ambre où les armuriers s'y trouvaient en nombre ainsi que les joailliers. Ils travaillaient ce minerai précieux avec un savoir-faire ancestral et tous les habitants d'Opale se rendaient dans leur ville pour acquérir l'un de ces bijoux ou l'une de ces armes faites à partir de la pierre d'Ambre. Plus au sud, le royaume de Jade était celui des érudits, les mages y affluaient en nombre pour profiter de l'immense richesse culturelle du lieu. Les élus s'y rendaient parfois accompagnés de leur précepteur pour parfaire leur formation en vue de devenir les gardiens du savoir de la terre d'Opale. À l'ouest d'Azurite, bien à l'opposé des précédentes et protégées par des barrières naturelles se situaient les villes de Grenat et d'Agate. Enclavée par les dunes et la forêt, Grenat bénéficiait de cette protection qui lui permettait de vivre loin des complots d'Azurite. La cité d'Agate était celle qui était la plus excentrée à cause de sa position dans le bras de mer. Deux ponts permettaient de maintenir des relations avec les habitants de Jade et de Grenat. Ils entretenaient d'ailleurs une entente privilégiée. Cette dernière leur permettait de commercer et d'échanger des vivres avec le reste du territoire. Grenat offrant le plus grand marché d'Opale. Les produits de la mer venaient depuis Agate et en échange Grenat leur procurait des biens des cités d'Ambre, des vivres de leur propre production agricole et des ouvrages de la cité de Jade. La partie nord-est du continent restait inexplorée en raison de ce désert que personne n'avait jamais traversé. Ou tout du moins personne n'en était revenu.

Perdu dans ses réflexions, Elyas ne vit pas que Sélène s'était arrêtée et il trébucha en essayant de se rattraper pour ne pas lui tomber dessus.

— Nous devrions profiter des derniers rayons du soleil pour nous sustenter un peu, expliqua Sélène. Nous allons bientôt arriver aux dunes qui marquent la véritable entrée dans le cœur du désert. Ce sera plus simple de parcourir ce dernier la nuit et d'éviter ainsi la brûlure du soleil.

— Tu as vraiment un raisonnement étrange, commenta Elyas, perplexe.

— Pourquoi dis-tu ça ? s'étonna la jeune femme.

— Chacun sait qu'il vaut mieux voyager de jour, car cela diminue le risque de rencontre avec des bêtes sauvages et la nuit est propice aux attaques en tout genre.

— Hum, peut-être, mais en attendant personne n'est revenu de la traversée que nous nous apprêtons à faire alors autant faire les choses à notre manière, riposta Sélène avec détermination.

Ils s'adossèrent contre leur paquetage et Sélène sortit sa gourde et donna la sienne à l'hybride, puis ils se partagèrent des galettes de blés et de miel. Après quelques instants de silence où ils observaient le coucher du soleil, Elyas sentit Sélène se détendre.

— On dirait que tu te sens mieux la nuit, remarqua-t-il.

— Tiens pour une fois monsieur n'est pas perspicace, le taquina-t-elle. Je suis une fille de lune moi aussi, ma magie atteint sa pleine puissance lorsque l'astre lunaire est à son zénith.

— C'est vrai j'oubliais ce détail, se contenta de répondre le mercenaire en terminant sa galette de miel.

Sélène réalisa sa bévue et se mordit la langue. Cherchant à s'excuser elle l'interrogea :

— Comment c'est ? Je veux dire que ressent-on lorsque l'on est à moitié loup ?

— Si je le savais, je ne serais pas ici, grogna l'hybride.

La jeune femme se tut, gênée. Elle marchait constamment sur des œufs avec le mercenaire. Elle lui faisait confiance, mais dès qu'elle avait l'impression qu'ils se rapprochaient, il se renfermait dans sa coquille. Il fallait reconnaître que, mis à part Enora, elle n'avait pas vraiment eu d'amis au sein de l'Académie. Sa proximité avec l'homme-loup la déstabilisait et en même temps sa présence lui offrait une sensation de sécurité.

— J'ai bien des capacités du loup comme le flair et l'ouïe plus développés. Une résistance physique également ainsi que de l'endurance. Mais je n'ai jamais pu entrer en contact avec ma part animale, avoua-t-il enfin.

Consciente de l'effort que cela lui demandait de se confier ainsi, Sélène hocha la tête.

— Cela vient peut-être de tes parents, réfléchit-elle le faisant tressaillir.

— Comment ça ?

— Les hybrides naissent d'une union mixte entre humain et mage, mais supposons que tes parents ne soient ni mages ni humains ? Après tout, l'amour ne se limite pas à l'espèce et si des mages et des humains peuvent s'aimer pourquoi les hybrides ne le pourraient-ils pas ?

Abasourdi par cette théorie, Elyas en resta sans voix. Il réfléchit aux propos de Sélène et comprit qu'il n'avait jamais soulevé cette hypothèse.

— Une union entre deux hybrides, murmura-t-il.

— Oui pourquoi pas ! s'exclama Sélène. Ce serait logique ! Et c'est sûrement pour cela que tu ne peux pas accéder à ta partie lupine, tu es probablement l'équivalent d'un élu qui a besoin qu'on active son don pour accéder à sa magie ! Je suis certaine que si on retrouvait l'identité de tes parents, nous saurions où chercher ! Une pierre peut sûrement te permettre d'accéder à ta magie et…

— Arrête ! la coupa Elyas. J'ai déjà cherché à en savoir plus et je n'ai rien trouvé.

— Mais Elyas, si tes parents étaient tous deux hybrides cela explique pourquoi ils ne t'ont pas gardé avec eux ! protesta Sélène.

— Parce que je suis un monstre issu d'une union monstrueuse ? cracha-t-il.

— Je t'en prie ! Pas de ça avec moi ! riposta Sélène. Je suis bien placée pour savoir ce que l'on ressent dans pareille situation et ton entêtement ne t'aidera pas ! Tu m'as dit toi-même que les hybrides n'avaient pas les mêmes droits que les humains, ils n'avaient sûrement pas le droit de s'aimer et encore moins de s'unir !

— Il y a une faille dans ta théorie. Les hybrides ne sont que des hommes, assena-t-il.

— Je suis la faille, Elyas ! s'écria-t-elle en se relevant. Je suis une hybride et une élue ! Fille de lune et fille de la terre ! Fille de mage et d'humaine ! Pourquoi ne pourrais-tu pas avoir une mère qui était comme moi ? Rien ne nous prouve que je sois la première !

Elyas ne sut que répondre. Tout ceci était tellement improbable et en même temps, la jeune femme qui lui faisait face était en effet bien réelle. Et si elle avait raison ? Une union interdite entre deux êtres rejetés par les leurs ?

— Mais pourquoi ne sont-ils pas revenus vers moi dans ce cas ?

— C'est ce que nous allons découvrir, mais je te promets que nous aurons des réponses, affirma Sélène.

Reconnaissant, il sourit à la jeune femme. Un vrai sourire, sincère, touchant. Sélène fut émue de voir ainsi son visage s'éclairer et elle se promit de tout faire pour qu'il garde cette lumière en lui. Ils reprirent leur paquetage et se remirent en marche le cœur plus léger et l'esprit tourné vers ces hypothèses. Leurs vies avaient vraiment pris un autre tournant et leur rencontre orchestrée par la déesse n'y était pas étrangère. Jamais ils ne se l'avoueraient, mais ils étaient heureux de s'être trouvés.

La progression dans le désert était en effet plus aisée sans la chaleur écrasante du jour. En revanche, ce que Sélène n'avait pas anticipé c'était le froid de la nuit. Rien n'était équilibré dans le désert. Il vous brûlait le jour, asséchant votre corps et sapant vos forces et la nuit il vous surprenait par ses mains glacées qui vous enserraient dans un étau. Le fait de marcher les aida à ne pas se laisser engourdir, mais après plusieurs heures de progression, épuisés ils durent s'arrêter. Il n'y avait pas de végétation alentour, seulement des rochers épars et les dunes qui s'élevaient tout autour d'eux. Sélène commençait à faiblir et elle fut reconnaissante envers Elyas lorsque celui-ci passa son bras pour la maintenir contre lui et l'aider à avancer pour chercher un abri. Sélène remarqua une cavité au cœur d'une dune à proximité d'eux. Elle fit signe à son compagnon qui acquiesça et se dirigea vers l'ouverture. Ils se dissimulèrent à l'abri de la dune juste à temps. Une tempête de sable s'élevait derrière eux aussi virulente que surprenante. Le désert était ainsi fait, il agissait au gré de ses caprices. Après la chaleur, le froid auquel succédait le vent. Les éléments devaient les éprouver pour connaître leur valeur et savoir s'ils étaient dignes de marcher au cœur du désert.

Sélène s'adossa contre la paroi tandis qu'Elyas faisait le tour de la cavité. Peu profonde, elle avait le mérite de les dissimuler aux yeux des prédateurs et de les protéger de la tempête. Sélène sortit la couverture de son paquetage en remerciant intérieurement Alana pour sa prévoyance puis elle s'emmitoufla dans la laine chaude et réconfortante. Elle vit Elyas faire de même. Le froid les tenaillait cependant tandis que le vent faisait rage au-dehors. Les dunes tremblaient sous les assauts furieux de l'air qui déplaçait du sable sur son sillage formant des tornades ici et là. Sélène utilisa sa magie pour allumer un feu le plus à l'intérieur possible de leur refuge pour le protéger du vent. Malgré tout, le froid persistait, les empêchant de dormir. Sélène avait les lèvres qui bleuissaient progressivement, elle ne sentait plus ses doigts, ni ses orteils. Elyas se rapprocha d'elle et la prit dans ses bras. Ils s'enroulèrent dans leur couverture et partagèrent leur chaleur corporelle.

Ce fut sans doute ce qui leur permit de survivre à cette première nuit dans le désert ainsi qu'aux suivantes. Sélène s'endormit la tête contre le torse du mercenaire. Elle entendait les battements de son cœur évoluer avec un rythme régulier. Elyas garda les yeux ouverts un moment tandis que Sélène dormait contre lui. Étrangement, la proximité avec la jeune femme ne le troublait pas outre mesure. Cela lui semblait normal. Il se sentait à sa place aux côtés de la jeune femme. Après des années de solitude, il se surprenait à apprécier la présence de la magicienne. Même son contact physique ne le rebutait pas. Elle était la première femme à ne pas réveiller les traumatismes de son enfance, inscrits dans sa chair. Il finit par s'endormir à son tour, bercé par la respiration de Sélène.

Chapitre X

Lorsqu'elle s'éveilla Sélène constata que l'aube pointait à l'horizon. La tempête avait laissé place à un magnifique soleil. Elle se redressa et avisa l'absence du mercenaire. Le feu était éteint. Elle replia sa couverture et la rangea dans son sac. Elle en sortit un peu d'eau pour se désaltérer et se rafraîchir le visage, puis elle se leva et sortit de la cavité. Elyas revenait d'un tour de ronde.

— Cette fois-ci, tu es d'accord pour avancer de jour princesse ?

Sélène ne put s'empêcher de rougir, mais non plus de colère en entendant ce surnom qui ne résonnait désormais plus comme une insulte dans la bouche du mercenaire. Ils avaient passé la nuit ensemble. Elle avait dormi, blottie dans ses bras. Certes ce n'était que pour survivre au froid que le mercenaire avait pris cette initiative mais cela avait éveiller quelque chose chez la jeune femme.

Elle secoua la tête avant de répondre.

— En effet, je crois que je vais revoir mon point de vue.

— Nous pouvons y aller dans ce cas, je n'ai pas décelé de présence hostile, nous pourrons faire une pause d'ici quelques heures pour déjeuner si tu es d'accord.

La jeune femme acquiesça. Elle récupéra son paquetage et suivit Elyas qui ouvrait la voie. Ils marchèrent en silence un moment, mais cela ne les dérangeait pas. Ils n'avaient pas besoin de se parler pour se comprendre, leur complicité évoluait au fil des jours qu'ils passaient ensemble. Ils progressèrent aisément, profitant du fait que le soleil ne soit pas au plus haut de sa course. D'après leurs estimations, ils devraient arriver au-delà des dunes le lendemain. Les dunes représentaient la frontière physique entre le territoire d'Opale et les montagnes d'Obsidienne. Entre le monde des vivants et celui d'où l'on ne revenait jamais.

Vers midi, tandis que le soleil atteignait son zénith, ils trouvèrent un endroit où s'abriter pour se sustenter et reprendre quelques forces. Malgré la chaleur, ils s'étaient dissimulés sous leur capuche qui les protégeait du soleil ardent. Tandis que Sélène rangeait sa gourde dans son sac et faisait le compte des vivres qu'il leur restaient pour le voyage, Elyas lui demanda :

— Si nous atteignons les monts d'obsidienne et qu'Aedan ne s'y trouve pas, que ferons-nous ?

— Pour être honnête, je ne sais pas. Je suppose que je rebrousserai chemin et que j'explorerai chaque centimètre d'Opale pour retrouver sa trace.

Elyas n'insista pas et entreprit de ranger ses affaires. Ils devaient garder un rythme soutenu pour ne pas rester plus de temps que nécessaire dans ce désert aride. Il espérait qu'ils pourraient rencontrer des marchands ou même trouver une oasis pour pouvoir se ravitailler, car l'eau et les vivres commenceraient à manquer dans les prochains jours. Deux tout au plus.

Sélène était plongée dans ses pensées. Il ne lui était pas venu à l'esprit qu'elle faisait fausse route. Cela lui semblait tellement évident ! Elle sentait au plus profond d'elle qu'Aedan se trouvait là-haut. Mais si elle se trompait ? Arthus ne devait certainement pas rester à attendre tranquillement qu'elle revienne. Elle pensa à tous ces hybrides, ces hommes, ces femmes, torturés pour assouvir la soif de pouvoir de l'archimage et de ses disciples. Toute cette folie, cette haine, cette violence, au nom de quoi ? Du pouvoir ? Elle échangerait cent fois ses dons contre la paix à Opale si elle le pouvait. En attendant de pouvoir agir, elle se concentra sur ses pas. Suivant Elyas, elle marchait dans ses traces, refusant de se laisser noyer sous des idées négatives. Elle avait fait une promesse. À sa mère, à Alana, à Elyas, tous comptaient sur elle.

Ils continuaient à avancer, toujours guidés par l'hybride qui semblait se repérer avec aisance dans ce lieu. Pour Sélène ce n'était qu'une vaste étendue de sable, chaque grain ressemblant à un autre. Au bout d'un temps qui lui parut être une éternité, elle sentit son médaillon pulser au creux de son cou. Elle le prit dans sa main et une lumière les entoura formant un halo autour d'eux. Perplexe, Elyas se retourna vers elle, mais avant même qu'il ne puisse prononcer un mot, l'éclat de quartz que leur avait confié Eilin par l'intermédiaire d'Alana sortit de la poche de la mage et lévita à leur hauteur. Incrédules, ils regardèrent la pierre tournoyer sur elle-même avant de partir comme une flèche devant eux.

— Que fait-on ? demanda Elyas en connaissant pertinemment la réponse.

— Suivons-la ! Mes parents avaient une relation particulière avec cette pierre, peut-être nous guide-t-elle jusqu'à un indice.

— Restons prudents tout de même, il ne faudrait pas que nous tombions dans un piège…

Déjà Sélène ne l'écoutait plus. Elle était partie en direction de l'éclat de quartz. Soupirant, il décocha son arbalète et suivit la jeune femme. Le quartz les emmena devant une dune plus haute que les autres. Essoufflés, ils regardaient la pierre tournoyer à nouveau sur elle-même puis s'éteindre et retomber dans la main de Sélène. Ils observèrent plus en détail le paysage, mais ne trouvèrent rien de différent. Elyas rangea son arbalète et souffla.

— Au moins, nous avons avancé plus vite de quelques mètres !

— Hum, c'est étrange, c'est comme si le quartz essayait de nous montrer quelque…

Sélène n'acheva pas sa phrase. Le sol s'était ouvert sous ses pieds tandis qu'elle avançait vers la dune désignée par la pierre. Elyas se retourna et cria son nom avant de se jeter sans réfléchir à sa suite dans le précipice. Le sable les avala et tout redevint calme comme si rien ne s'était passé.

Leur descente fut rapide et brève. Sélène déboucha la première sur un sol rugueux qui lui égratigna les genoux et les mains tandis qu'elle se rattrapait comme elle le pouvait. Elle entendit le cri d'Elyas et anticipa son arrivée en se décalant sur le côté. Furibond, celui-ci se releva et s'écria :

— Mais vas-y ! Fonce dans un piège ! Si tu veux te faire tuer, dis-le tout de suite on rentre à Azurite et je te livre à Arthus ainsi j'obtiendrai la récompense et je serai tranquille !

— Reconnais que je te manquerai trop ! osa-t-elle, taquine.

Abasourdi, il fut incapable de répondre. Sélène n'attendit pas non plus qu'il retrouve ses esprits, elle se retourna et observa les lieux où ils se trouvaient. Cela ressemblait à des grottes souterraines, la température était plus fraîche que celle dans le désert ce qui n'était pas pour lui déplaire. Un son qu'elle reconnut lui parvint comme un murmure. Sans demander son avis au mercenaire, elle suivit la mélodie pour remonter à son origine. Grommelant devant tant d'inconscience, Elyas la rejoignit rapidement. Sélène s'arrêta net et alors qu'il s'apprêtait à lui faire passer l'envie de ne pas l'écouter elle le fit taire d'un geste en lui indiquant de suivre son regard.

Un spectacle magnifique s'offrait à eux. Une rivière chatoyante s'écoulait le long de la grotte. Autour de celle-ci se dressaient des roches de quartz pur. La couleur rose se reflétait dans la rivière et illuminait l'endroit de sa pureté et de sa sérénité. Mû par une puissance qui la dépassait, Sélène défit son paquetage, sa cape, déchaussa ses bottes et retira ses armes puis son pantalon pour s'avancer dans l'onde envoûtante. Elyas la regardait faire, paralysé. Seulement vêtue de sa tunique qui masquait sa nudité, Sélène ferma les yeux et s'immergea dans l'eau entièrement. Elyas retint son souffle avec la certitude de l'avoir perdue quand il la vit avec soulagement réapparaître à la surface. Ses yeux gris étaient illuminés comme lors de sa confrontation avec l'archimage, elle s'éleva hors de l'eau et lévita grâce à son pouvoir. Elle communiait avec les pierres qui faisaient écho à son médaillon. Soudain, une voix résonna dans le silence de la grotte, surprenant le mercenaire qui recouvra sa mobilité.

— Fille de lune, que viens-tu faire en notre sanctuaire ?

Sélène toujours entourée par un halo de magie répondit à la voix :

— Je suis à la recherche de l'archimage banni, nommé Aedan. Je suivais sa piste lorsque nous avons été attirés ici par un éclat de quartz offert par ma mère, Eilin.

— Qui es-tu fille de lune ?

— Je suis celle qui protège Opale de la corruption, je suis le fruit de l'union entre un mage et une humaine. Une hybride, une élue, une fille de lune.

Impuissant, Elyas observait cet échange irréel. La grotte elle-même semblait dotée d'une conscience propre. Un gisement de quartz pur que personne n'avait encore exploité. Il était fasciné par Sélène et la magie qui se dégageait d'elle. En lévitation avec ses cheveux bruns qui encadraient son visage et ses yeux gris brillant d'un éclat qui leur était propre, il la trouvait tout simplement magnifique. Il comprit à cet instant qu'il ne supporterait pas que quelqu'un lui fasse du mal. Quoi qu'il lui en coûte, il la protégerait.

— Qui est l'homme qui t'accompagne ?

— Un hybride également, un fils de lune.

— Nous sentons quelque chose d'étrange chez lui.

Sélène baissa les yeux vers Elyas et avec un sourire d'encouragement elle l'invita à approcher.

— Si tu le veux bien plonge ta main dans l'eau, je te promets que tu ne risques rien.

Hésitant, Elyas avança pourtant, se maudissant d'être incapable de dire non à la jeune femme. Il plongea sa main dans l'onde et ressentit un bien-être qui le surprit. Il comprit également qu'il était sondé sur ses intentions, sur son âme. Il ne résista pas et s'ouvrit à l'essence même de la grotte.

— Un loup brisé. Tu ignores tout de tes origines et ton âme est déchirée. Quelles sont tes intentions envers la fille de lune ?

— Je… Je souhaite l'aider à accomplir sa quête en retrouvant Aedan.

— Est-ce tout ?

Incapable de duper l'entité qui usait de la magie des pierres,

Elyas fut obligé de répondre.

— Je veux me venger d'Arthus pour ce qu'il m'a fait subir.

Coupable, il baissa la tête, attendant sa sentence.

— Ton cœur est plus pur que ce que tu penses demi-loup. Pardonne-toi ton passé, les blessures qui t'ont été infligées ne sont pas de ton fait, mais de celui d'un homme qui sera puni le moment venu, en revanche ce ne sera pas par ta main.

Elyas ne sut pas pourquoi, mais ces paroles apaisèrent ses tourments. Il retira sa main de l'eau et observa Sélène revenir à son tour dans la rivière. Il l'aida à se hisser sur la berge. Grâce à sa magie, elle se sécha rapidement et se rhabilla. L'eau de la rivière les avait purifiés et rassérénés.

— Votre quête est juste et vos intentions louables, nous acceptons de vous laisser passer à la condition que vous ne révéliez jamais ce que vous avez vu ici.

— Nous vous le jurons, répondirent en chœur les deux compagnons.

La rivière se scinda alors et une ouverture se dessina dans le mur qui leur faisait face. Elyas aida Sélène à remettre son paquetage sur ses épaules puis ils avancèrent en direction de l'ouverture. Sitôt qu'ils l'eurent franchie, celle-ci se referma ne laissant qu'une montagne derrière eux.

Incrédules, ils comprirent qu'ils se trouvaient au pied des montagnes d'obsidienne. Elyas s'apprêtait à avancer, mais la voix de Sélène le retint.

— Tu n'as pas à avoir honte de vouloir te venger, ce sentiment est légitime.

— Peut-être, mais tu es une élue, tes intentions sont toujours pures, moi je ne suis qu'un mercenaire et j'ai cru pouvoir l'oublier en étant près de toi dans cette quête.

— Tu es injuste envers toi-même, protesta Sélène. Ce que j'ai vu de toi c'est un homme bourru certes, mais pas mauvais. Si tu te voyais comme je te vois, tu comprendrais.

— Mais je ne suis qu'un demi-loup, je n'ai aucun don, pas même celui d'être entièrement moi. Je ne mérite pas que tu me regardes, répondit Elyas avec amertume.

Sélène s'approcha davantage du mercenaire, puis elle prit son visage entre ses mains. Comme la première fois où elle l'avait touché, un halo de lumière les entoura mais cette fois ils ne se dérobèrent pas. Elyas plongea ses yeux dans ceux de Sélène et n'y trouva que de l'amour et de la compassion. Touché, il sentit une partie de son âme comme recousue par la magie de Sélène. Celle-ci sourit et n'y tenant plus il posa ses lèvres sur celles de la jeune femme. D'abord surprise, Sélène répondit ensuite à son baiser qui fut à la fois tendre et passionné. Après ce moment hors du temps, ils se regardèrent et se détachèrent avec regret l'un de l'autre. Une mission les attendait. Plein d'espoir, Elyas tenta de se connecter avec sa partie lupine et fut surpris de sentir la présence d'un grand loup noir. Celui-ci le regardait avec bienveillance.

— *Enfin nous nous rencontrons,* déclara le loup.

— Mais qu'est-ce que… Je croyais que…

— Que tu étais seul ? J'ai toujours été là au fond de toi, mais je ne pouvais me manifester. L'archimage m'a muselé tout ce temps pour mieux te soumettre.

— Mais alors pourquoi ne puis-je pas me transformer ?

— Chaque chose en son temps. Grâce à Sélène, nos âmes sont réunies, maintenant il te faut retrouver l'archimage déchu. Lui seul peut nous libérer.

Revenant à lui, Elyas ouvrit les yeux. Il était allongé sur le sol, sa tête reposant sur une couverture repliée par Sélène. Celle-ci, inquiète, l'observait en se mordant la lèvre.

— Tes yeux… commença-t-elle.

— Qu'est-ce qu'il s'est passé ?

— Je ne sais pas, tu t'es évanoui juste après que l'on se soit… Hum passons, j'ai essayé de te déplacer pour ne pas rester trop longtemps exposés à la vue de tous, mais tu ne revenais pas à toi, j'ai cru que je t'avais fait du mal !

— Non, non au contraire.

Elyas se redressa et la serra contre lui, il lui expliqua sa connexion avec son loup à la suite de la guérison procurée par Sélène lors de leur baiser. Soulagée, elle se détacha de lui.

— Alors ça explique pourquoi tes yeux ont changé, reprit-elle.

— Comment ça ?

— Tu as un œil noir et un œil bleu, cela signifie que tu es à nouveau entier !

Sans le voir par lui-même, Elyas sut qu'elle avait raison. Il sentait au fond de lui la présence de son loup. Il se releva et tendit la main à Sélène pour l'aider à son tour. Ils se tournèrent vers les montagnes, laissant derrière eux le désert avec ses dunes et son soleil. Ils avaient gagné deux jours de marche. Elyas était apaisé et bien que leur relation naissante fût plutôt impromptue, ils mirent d'un commun accord leurs sentiments de côté pour poursuivre leur quête.

Chapitre XI

Alors qu'ils se dirigeaient vers les montagnes, Sélène prit conscience que sa vie avait radicalement changée ces derniers jours. Elle-même était différente, son regard sur les autres n'était plus entravé par des œillères ou des préjugés. En observant Elyas, elle se demanda si la déesse mère se doutait de la complicité qui naîtrait entre eux au fil de leur périple. Une chose était certaine, elle était heureuse de l'avoir trouvé. Elle se sentait bien auprès de lui, le moins que l'on puisse dire c'est qu'il était honnête avec elle et ne s'embarrassait pas du « politiquement correct » ! En revanche, il n'avait jamais eu un mot ou un geste déplacé à son égard. Malgré sa fonction de mercenaire, il était plus digne et valeureux que la plupart des mages et des élus qu'elle avait côtoyés jusqu'à présent.

Ils poursuivirent leur progression jusqu'à la tombée de la nuit. Arrivés au pied de l'un des monts d'obsidienne, ils installèrent un camp provisoire pour y passer la nuit afin de reprendre des forces en vue de l'ascension qui les attendait le lendemain. Ici pas de magie, c'était une épreuve physique qui les attendait. Sélène s'enquit en observant le versant abrupt de la montagne. Saurait-elle escalader cette roche sans les mettre en danger ? Il n'y avait aucun autre moyen pour accéder aux montagnes et à leurs secrets. Elle espérait juste qu'elle ne s'était pas trompée et que son instinct la menait au bon endroit. Poussant un soupir, elle retourna près du camp et aida Elyas à allumer un feu, naturel cette fois-ci et non plus magique. Il prépara le repas en faisant chauffer une décoction d'herbes et de fruits qu'il étala sur des tranches de seigle offertes par Alana avant leur départ.

— Il faut que nous mangions quelque chose de consistant qui nous donnera l'énergie nécessaire pour demain, précisa-t-il. Je suppose que tu n'as jamais fait d'escalade ?

— Tu supposes bien, acquiesça Sélène, à l'Académie nous nous entrainions plutôt à léviter voire à voler.

— Hum, ici la magie ne nous sera pas utile, l'obsidienne entrave les pouvoirs des mages.

Surprise, Sélène tenta de créer une flamme pour vérifier ses dires et fut déçue de constater qu'il ne se passait rien. Elle se rassit et mangea sa portion préparée avec soin par Elyas.

— Je suppose qu'après l'épreuve magique de la caverne de quartz, nous arrivons face à une épreuve humaine, répondit pensivement la jeune femme.

— Que veux-tu dire ?

— Eh bien que je me retrouve aussi démunie qu'un humain face à cette montagne et que c'est peut-être une épreuve pour nous montrer qu'il ne faut pas nous reposer sur nos acquis et qu'il faut toujours poursuivre nos efforts pour aller au-delà de nos capacités.

Elyas la regardait fixement. Gênée, Sélène s'empourpra :

— J'ai dit quelque chose d'idiot ?

— Hum, non, princesse, pour une fois qu'une chose sensée sort de votre bouche, je suis sans voix ! la taquina-t-il.

Agacée, elle lui lança sa tasse vide qu'il réceptionna sans peine. Les réflexes du mercenaire eux n'avaient rien perdu. Le fait de ne pas se servir de la magie ne l'indisposait pas comme elle. Et pour cause, n'ayant jamais eu accès à sa part lupine il ne s'était jamais transformé. Ce qu'on ne connait pas, ne peut pas nous manquer, songea-t-il.

Leur repas terminé, ils s'allongèrent pour profiter de cet instant de répit. Sélène tourna le dos au mercenaire, pestant intérieurement contre sa muflerie. Après quelques instants, elle sentit Elyas se coucher contre elle et passer ses bras autour de sa taille. Le froid nocturne leur offrit à nouveau l'occasion de se rapprocher. Ce fut avec le sourire qu'elle s'endormit dans les bras réconfortants de l'homme-loup.

Ils s'éveillèrent au moment où les rayons du soleil transparaissaient derrière les nuages. Après avoir éteint leur feu de camp et nettoyé les traces de leur passage. Ils remirent leur paquetage sur leur dos et se préparèrent à entamer l'ascension après une rapide collation frugale. En remettant son sac sur ses épaules, Sélène constata non sans déplaisir que le sort d'Albus ne fonctionnait pas ici et elle sentit le poids réel de son paquetage comme un boulet qui l'entraînait en arrière. Soucieux pour la suite de leur ascension, Elyas allégea un peu le sac de sa compagne en ajoutant à son propre fardeau sa couverture et sa natte. Reconnaissante, elle lui adressa un grand sourire.

Avant de commencer leur ascension, Sélène lui demanda :

— Pourquoi personne ne vient jamais dans le désert ?

— Je n'ai jamais dit que personne n'y venait, mais plutôt que personne n'en sortait, répondit-il, calmement.

— Je ne sais pas ce que nous trouverons derrière ces montagnes, mais j'espère que je ne me suis pas trompée, ce serait terrible si…

— Non, ne pense pas à cela, concentre-toi uniquement sur ta montée. Quoique nous trouvions, nous affronterons cela ensemble. Et puis si nous échouons, nous pourrions ne jamais revenir à Azurite et vivre coupés de tout ici.

Abasourdie, Sélène plongea ses yeux gris dans le regard vairon du mercenaire.

— Tu ne penses pas ce que tu dis. Tu ne laisserais pas des

innocents souffrir du joug d'Arthus sans même un regard en arrière ? protesta-t-elle avec indignation.

— Et si je le pensais ? rétorqua-t-il. C'est vrai, qu'ont fait ces gens pour toi ? Est-ce qu'ils t'ont protégée ? Ils ne connaissent même pas ton existence, tu pourrais disparaître ! Quant à moi, je ne suis qu'un mercenaire, je ne compte pas dans le destin d'Opale.

— Mais enfin Elyas ! Tu oublies Eilin, Alana et tous les autres ? Tu oublies les personnes enlevées par l'orbe rouge ? L'homme pendu devant l'Académie ? Je refuse de croire que tu laisserais ces gens livrés à leur sort ! C'est à nous que la déesse a confié la mission de les secourir, non l'inverse !

Elyas voulut se détourner d'elle, mais elle l'en empêcha en attrapant son bras. Le regard sombre, il avoua :

— Et si je te perdais dans l'affrontement face à Arthus ?

— De quoi parles-tu ?

— Ne fais pas l'innocente ! Tu sais très bien ce qui nous attend si nous retournons à Azurite, nous affronterons Arthus et ses sbires de nouveau. Une guerre nous attend et je refuse d'imaginer une seconde de te perdre !

Choqué par ses propres paroles qui avait jailli de sa bouche sans qu'il ne réfléchisse vraiment à leur portée il se tut. Sélène l'observait tout aussi surprise de sa réaction. Il passa une main dans ses cheveux pour se redonner contenance et se racla la gorge.

— Enfin je veux dire que je m'en voudrai s'il t'arrivait quelque chose, tu n'es pas comme les autres mages que j'ai pu rencontrer et encore moins comme les autres femmes, tenta-t-il de se rattraper.

Touchée, Sélène l'observa avec tendresse. Elle n'avait peut-être pas une grande expérience des relations avec les hommes mais après ces derniers jours passés ensemble et leur rapprochement lors de leur baiser, elle savait qu'elle ne lui était pas indifférente. Le fait de voir que cela mettait à mal la carapace du mercenaire la touchait plus qu'elle ne le laissait paraître.

— Je ne connais pas l'avenir, mais je te promets que je te retrouverais toujours, murmura-t-elle en se rapprochant de lui.

Elyas rencontra le regard gris de la jeune femme et ne put se retenir de la prendre dans ses bras. Il savoura cet instant et respira son parfum. Il ne contrôlait pas ses sentiments pour la mage et cela empirait depuis qu'il s'était reconnecté à son loup. Celui-ci bien que tapi dans l'ombre de son esprit, grognait à la simple pensée que quelqu'un s'attaque à elle. Il la reconnaissait comme étant sa compagne au même titre que celle de la part humaine d'Elyas.

Ils restèrent un instant, enlacés, seuls au monde puis ils se détachèrent l'un de l'autre. Ils échangèrent un regard entendu puis se tournèrent de nouveau face à la montagne. Elyas déroula une corde qu'il attacha autour de sa taille puis fit de même avec Sélène. Il ouvrit la voie en attrapant une première prise et indiqua à la jeune femme de faire exactement les mêmes mouvements que lui. Concentrée, elle le suivit. Avec prudence, elle posa sa main sur la première prise puis la deuxième et enfin ses pieds quittèrent le sol. L'ascension commença, éreintante, leur demandant à la fois un effort de concentration intense et de l'endurance pour tenir toute la durée de la montée. Au bout d'une demi-heure, Sélène se sentit faiblir. Elle leva les yeux pour observer la progression du mercenaire qui se tenait à environ deux mètres au-dessus d'elle. La corde lui permettait de lui donner de l'élan pour continuer à gravir la montagne, mais ses forces commençaient à diminuer.

Sentant la corde le tirer vers l'arrière, Elyas se retourna.

— Courage princesse ! Nous y sommes presque ! Encore quelques mètres et nous aurons atteint le plateau de la montagne.

— Je fais ce que je peux, souffla-t-elle.

Elyas reprit l'escalade, conscient que plus ils s'attardaient, plus leurs forces s'amenuisaient. Il força sur ses bras pour tenter de donner une impulsion supplémentaire à sa compagne. Sélène essayait de le suivre, mais le soleil tapant dans son dos et sur sa nuque, sapait sa concentration. Le poids de son paquetage l'entraînait vers l'arrière et ses mains moites glissaient sur les prises. Refusant d'abandonner si près de leur objectif, elle puisa dans ses dernières ressources pour se soulever encore un peu. Tout son corps tremblait sous l'effort qu'elle lui imposait. Elle fournit un dernier sursaut d'énergie puis ses forces l'abandonnèrent et elle faillit chuter dans le vide. Heureusement, la poigne solide d'Elyas s'agrippa fermement à son bras et l'aida à se hisser au sommet de la montagne. Tétanisée, épuisée, Sélène s'effondra dans les bras de son compagnon. Il la serra contre lui puis il l'aida à s'asseoir pour délier ses muscles tendus. Il lui donna de l'eau et avisa par la même occasion leur dernière gourde. Il songea qu'ils devaient trouver rapidement une source où s'abreuver, mais il repoussa cette inquiétude pour se concentrer sur le moment présent. Il soulagea Sélène du poids de son paquetage et celle-ci lui demanda de lui donner l'une des fioles rangées dans sa besace. Il en sortit trois flacons dont elle se saisit. Après les avoir observés, elle en saisit un et le déboucha. Une douce odeur d'aloès s'éleva et elle se frictionna les mains et les bras pour aider son sang à circuler de nouveau. Elle réitéra l'opération en remontant son pantalon et en enlevant ses bottes pour retrouver l'usage de ses jambes. Elle invita le mercenaire à faire de même au moins pour ses bras qui bien que plus solides avaient tout de même souffert de l'ascension périlleuse.

Ils se reposèrent quelques instants et en profitèrent pour observer leur nouvel environnement. Ils furent surpris de constater qu'ils se trouvaient sur une plaine verdoyante qui contrastait avec le paysage désertique qu'ils avaient arpenté ces derniers jours. Encouragés devant autant de verdure, ils se relevèrent et se mirent en quête d'un point d'eau où ils pourraient refaire leur réserve. Ils avancèrent prudemment ne sachant ce qu'ils allaient trouver en ce lieu qui paraissait vierge de toute présence. Du moins en apparence, car Elyas sentait qu'ils n'étaient pas seuls. À partir du moment où ils s'étaient hissés au sommet, il avait eu l'impression que des yeux se posaient sur eux sans plus les quitter. Pour ne pas inquiéter Sélène, il avait préféré taire son malaise, mais il redoubla de vigilance.

Après quelques instants de marche, ils entendirent un son qui leur redonna le sourire. Avançant dans la direction du clapotement qu'ils entendaient au loin, ils débouchèrent sur une clairière ombragée à l'abri de conifères. Une cascade s'écoulait dans un bassin et la vue de l'eau limpide de celui-ci rendit toutes ses forces à Sélène. Elle s'approcha la première et posa son paquetage près d'un rocher pour tremper ses mains dans l'eau. Celle-ci était fraîche et pure. Elyas la rejoignit puis, après avoir humé l'eau, il confirma qu'elle était potable. Rassurée, Sélène s'abreuva généreusement avant de remplir ses gourdes tandis qu'Elyas faisait de même avec les siennes. Une fois leur réserve en eau de nouveau opérationnelle, Sélène se déchaussa, puis ôta son pantalon, sa cape et ses avant-bras pour se purifier dans l'eau claire de la cascade. L'ascension de la montagne avait annihilé tous les bienfaits du bain pris dans la caverne de quartz, aussi elle savoura ce moment de fraîcheur qui finit de délasser ses muscles encore raidis par l'effort. Elyas fit un tour de garde pour explorer les environs et s'assurer qu'ils étaient en sécurité, ce qui permit à la jeune femme de faire ses ablutions en toute intimité. Lorsqu'il revint vers elle, elle nettoyait ses vêtements pour les débarrasser de la poussière et du sable qui s'étaient accumulés depuis le début de leur périple. Elle avait revêtu la deuxième tenue offerte par Alana. Il s'agissait cette fois d'une robe longue discrète, de couleur lavande qui rehaussait le gris de ses yeux. De coupe simple, elle mettait tout de même la silhouette longiligne de la jeune femme, en valeur. Ses courbes s'arrondissaient davantage effaçant totalement le souvenir de la jeune fille sortie de l'Académie pour laisser place à une femme plus mature. Elyas alla se rafraîchir à son tour puis troqua sa chemise et son pantalon souillés par le sable contre d'autres vêtements du même acabit. Sélène mit à sécher leurs affaires puis elle lui proposa d'allumer un feu pendant qu'elle irait visiter les alentours en quête de fruits ou de baies comestibles. Une petite pause leur ferait du bien avant de reprendre leur route, d'autant que cette fois-ci ils ne savaient où se diriger précisément. Soucieux, Elyas lui fit promettre de ne pas trop s'éloigner et de l'appeler en cas de danger. Sélène se contenta de lui envoyer un baiser du bout des doigts et il grommela face à l'insouciance de la jeune femme.

Le cœur léger, Sélène s'éloigna de la clairière. Elle observa son environnement à l'écoute du moindre signe de vie, mais ne détecta rien de suspect. Elle ratissa les arbres et les bosquets à la recherche de quelques denrées, mais en vain. Elle s'apprêtait à rebrousser chemin et à revenir bredouille lorsqu'un craquement se fit entendre derrière elle. Surprise de ne pas avoir perçu de présence, elle comprit que sa magie lui était toujours inaccessible en ce lieu. Elle se retourna et, ne voyant rien, elle voulut prévenir Elyas mais une main s'abattit sur sa bouche au même moment. Elle tenta de se débattre lorsqu'une lame dans son dos la tranquillisa. Toujours bâillonnée par la main calleuse de cet inconnu, elle fut contrainte d'avancer sans pouvoir se soustraire de sa poigne. Ils retournèrent dans la clairière où Sélène vit avec effroi Elyas agenouillé entre deux hommes qui le maintenait dans cette position inconfortable et humiliante. En observant leurs agresseurs, le sang de Sélène ne fit qu'un tour ! Des hybrides, reconnaissables à leurs yeux vairons. Elyas releva la tête et voulut se redresser en voyant la jeune femme en mauvaise posture, mais il reçut un coup dans le ventre qui le plia en deux. Les larmes perlèrent au coin des yeux de Sélène mais elle se reprit. Elle ne ferait pas ce plaisir à ces monstres.

— Que nous voulez-vous ? lança-t-elle en tentant de maîtriser les tremblements de sa voix.

— Ici c'est nous qui posons les questions, murmura l'homme qui la menaçait de son poignard.

— Pourquoi êtes-vous ici ? interrogea l'un des deux hybrides qui retenaient Elyas.

— Pour le plaisir de voyager, éluda Sélène.

La pointe de la lame de son geôlier s'enfonça légèrement dans son dos, lui faisant regretter sa plaisanterie. Pourtant, elle ne se laissa pas impressionner.

— Qu'est-ce que vous, vous faites ici ? J'ai ouï dire que personne ne s'aventurait en ces contrées hostiles. Pourtant vous semblez bien connaître les lieux et y être établi depuis longtemps.

— En quoi cela te regarde ? l'apostropha le deuxième hybride désarçonné par ses observations.

— C'est donnant donnant, si vous voulez connaître nos intentions, je veux connaître les vôtres !

— Tu n'es pas en position d'exiger quoi que ce soit ! gronda l'homme dans son dos.

— Soit, vous ne voulez pas me répondre, mais je me demande simplement pourquoi trois hybrides traînent dans les parages et surtout comment vous avez pu survivre à la traversée du désert de quartz, continua Sélène malgré leur avertissement. Si vos intentions étaient mauvaises vous n'auriez pas pu passer l'épreuve de la caverne.

L'homme qui la maintenait, retira son poignard puis il lui fit face et lui assena une gifle qui lui entailla la lèvre. Elyas, furieux se redressa brusquement et profita de l'effet de surprise pour se libérer de la poigne de l'un de ses agresseurs. Il tira parti de ce moment de trouble pour assommer d'un coup de tête le premier hybride puis délia la corde qui retenait ses mains afin de mettre à mal son deuxième adversaire. Sélène, encore sonnée, le vit se précipiter sur l'homme qui l'avait frappée, mais il fut stoppé dans son élan par une meute de loups qui l'encercla. Sélène essuya le sang de sa lèvre et se releva tant bien que mal. Son agresseur se retourna vers elle et son regard s'agrandit de surprise lorsqu'il vit la marque de la lune sur son front. Incrédule, il l'observa immobile. Il s'apprêtait à reprendre la parole, mais une voix l'en empêcha.

— Cela suffit ! Ce n'est pas une façon de recevoir des visiteurs Murtagh !

— C'est une mage ! argumenta l'hybride.

— N'agissons pas comme nos ennemis en les réduisant à leur

nature ! le tança l'inconnu.

Les loups s'écartèrent et se replièrent derrière l'homme qui avançait vers eux. Le dénommé Murtagh battit en retraite en s'inclinant respectueusement tandis qu'Elyas rejoignait Sélène en se tenant les côtes.

Inquiète la jeune femme se plaça légèrement devant lui malgré le grognement de son homme-loup. Elle avisa celui qui venait à leur rencontre, surprise de l'autorité qu'il semblait avoir sur les hybrides alors qu'il possédait une carrure plus fine et longiligne. Pourtant, en l'observant davantage, quelque chose interpella Sélène. L'homme avait des cheveux noirs, réunis en une tresse sur le bas de sa nuque. Appuyé sur un bâton qui faisait la même taille que lui, il était vêtu d'un habit qu'elle ne connaissait que trop bien : une longue robe grise de mage, maintenue par une cordelette au niveau de la taille. Des sandales aux pieds, l'homme s'arrêta face à eux. Sélène releva la tête et son cœur rata un battement lorsqu'elle croisa son regard. Deux yeux gris. Identiques aux siens. Le mage eut un temps d'arrêt également puis il s'approcha de Sélène, il dégagea les mèches de son visage et observa sa marque puis ses yeux.

Incrédule, Elyas reconnaissait lui aussi l'homme qui se tenait devant eux. L'objet de leur quête. L'archimage trahi et banni d'Azurite leur faisait face.

Chapitre XII

Sélène se mit à trembler tandis que l'homme gardait sa main posée sur son visage. Incrédule, il cherchait une réponse dans ces yeux qu'il pensait ne plus jamais revoir.

— Sélène ? Est-ce une illusion pour me persécuter ou es-tu bien ici ? demanda-t-il, peu assuré.

— Oui c'est bien moi, Aedan.

À l'évocation de son nom, Murtagh et les autres loups la regardèrent avec stupéfaction. Jamais encore il n'avait eu connaissance du nom de leur mentor qu'ils appelaient affectueusement « le vieux ». Ce père spirituel qui les protégeait depuis qu'ils avaient trouvé refuge loin des vicissitudes des grandes villes d'Opale. Ils furent d'autant plus surpris en voyant le mage enlacer la jeune femme qu'ils venaient de rencontrer.

Sélène ne savait plus quoi dire ou penser. Depuis qu'elle connaissait son histoire, elle souhaitait de toute son âme retrouver le mage, mais elle n'avait pas prévu qu'elle se laisserait happer par ses propres émotions. Il était aussi son père et sans pouvoir se l'expliquer une rancœur à son encontre l'habitait depuis qu'elle avait quitté l'Académie et découvert ses origines. Elle resta les bras ballants, incapable de répondre à cette marque d'affection, les yeux perdus dans le vague. Elyas recula d'un pas pour ne pas gêner leurs retrouvailles, mais il perçut le malaise de la jeune femme.

Enfin, Aedan s'écarta et la regarda de nouveau.

— Nous avons tant de choses à nous dire. Venez, ne restez pas ici, allons nous entretenir devant une bonne tasse de chocolat chaud.

Sélène tiqua en pensant à sa mère qui l'avait réconforté de la même manière quelques jours plus tôt, mais elle ne dit rien et se contenta de hocher la tête. Elyas prit les choses en main, voyant que c'était trop pour la jeune femme.

— Archimage Aedan, nous serions honorés de vous suivre, nous avons en effet beaucoup à nous dire.

Le mage leva les yeux vers l'hybride et marqua un temps d'arrêt.

— Par la déesse ! Est-ce toi Elyas ?

— Lui-même, répondit le mercenaire.

— En effet, nous avons beaucoup de choses à nous dire,

reprit Aedan, songeur. Suivez-moi.

Il ouvrit la voie et les conduisit plus avant dans la canopée. Ils longèrent la cascade puis traversèrent des fourrés avant d'arriver devant des remparts naturels composés de ronces et d'arbres de toute sorte. Sélène repéra un village au centre de ces murailles improvisées. Aedan les guida vers une chaumière qui lui rappela celle d'Eilin, tandis que Murtagh et la meute de loups s'étaient dispersés à l'entrée du village. L'ancien archimage les invita à entrer dans la maison et à s'installer sur les bancs entourant la table de la cuisine. Il ferma la porte puis les rejoignit. Après leur avoir versé deux tasses de chocolat, il s'assit à son tour.

— Vous avez fait un long chemin, vous devez être épuisés, commença le mage.

Sélène perdit patience et explosa.

— C'est tout ? Tout ce que vous trouvez à dire après toutes ces années ? Que faites-vous ici, tranquillement installé, sans vous préoccuper du sort de milliers d'innocents ? Et Eilin, vous pensez à elle qui vous attend depuis vingt ans ! Vingt longues années où tout le monde vous croyait mort ou en mauvaise posture ! Tout ça pour finalement vous retrouver ici ?

— En un sens, ils ont raison. Je suis mort, déclara sereinement Aedan.

Interdite Sélène le regarda, il avait pourtant l'air bien vivant ! Elyas lui fit signe de se rasseoir et elle obtempéra de mauvaise grâce.

— Lorsque Arthus nous a trahis, je me suis lancé à sa poursuite pour te récupérer et te ramener auprès de ta mère quoiqu'il m'en coûte. Seulement, je ne m'attendais pas à ce qu'il use de magie noire contre moi. Il m'a attiré à l'écart de l'Académie et d'Azurite, dans les déserts de quartz. Alors que nous luttions à armes égales, il a changé de tactique. Il a fait apparaître un homme, un hybride que je ne connaissais pas encore. Je ne comprenais pas ce qu'il faisait. Il me regardait avec un air de triomphe et avant que je puisse réagir, il avait tranché la gorge de l'innocent. Il a trempé ses mains dans son sang et a recouru à la magie interdite. Il m'a frappé de plein fouet en me paralysant. Hébété, je le voyais avancer vers moi lentement. Il m'a attrapé par le col en me promettant que je mourrais dans ce désert, seul et honni de tous même des miens. Incapable de riposter, je l'observai avec horreur et résignation. J'avais échoué à vous protéger et ne souhaitais plus vivre. Il plongea alors sa main ensanglantée en moi pour m'arracher le cœur, mais il n'y parvint pas. Il m'abandonna dans le désert, tandis que je me vidais de mon sang dans le secret des dunes. Alors que je croyais mon heure venue, un couple vint à ma rencontre des heures plus tard. Ils me conduisirent dans la grotte de quartz par laquelle vous avez dû passer, sinon vous ne seriez pas ici. Ils m'immergèrent dans le lac qui soigna mes maux et referma mes blessures. Ensuite, ils m'emmenèrent dans les montagnes d'obsidienne où se trouvait ce qui n'était alors qu'un campement de fortune. J'ai vite compris que j'avais perdu ma magie, mon artefact était brisé et mon âme avec lui. Mes hôtes me redonnèrent pourtant peu à peu l'envie de vivre.

— Qui étaient ces personnes ? demanda timidement Sélène.

— Des hybrides.

— Comment… Comment est-ce possible ? L'homme et la femme ? interrogea Sélène, stupéfaite.

— Oui. C'est en les rencontrant que j'ai compris que je pouvais peut-être encore être utile. Ils m'ont expliqué leur particularité, elle me disait qu'elle était née d'un couple de mages et d'humains, mais que ceux-ci avaient pris peur et l'avaient abandonnée en voyant ce qu'elle était. Des hybrides l'avaient alors recueillie et elle était tombée amoureuse de l'un d'entre eux. Ensemble, ils eurent un enfant. Un fils qui leur avait été arraché par Arthus lorsqu'il avait découvert leur existence et leur particularité quatre ans avant ta venue au monde Sélène. Il cherchait déjà à lutter contre ce qu'il appelait l'annihilation, c'est-à-dire la fin de la magie causée par les unions impures.

— Un fils… Cela se pourrait-il que… songea Sélène en levant les yeux vers le mercenaire.

Elyas restait interdit. Tout coïncidait. Aedan se tourna vers lui et le regarda avec compassion.

— En effet, Elyas, il s'agissait de tes parents. Ta mère était le premier hybride à naître femme, mais elle ne portait pas la marque de la lune comme Sélène. J'ai passé ces dernières années à étudier les hybrides en cherchant à comprendre pourquoi ils n'avaient pas accès à la magie. Lorsque Célimène et Albion, m'ont révélé ton existence, j'ai fait le lien avec les recherches d'Arthus et j'ai compris quel était son objectif. Tes parents ne t'ont jamais abandonné. Lorsque je suis parvenu à débloquer leur magie, ils ont quitté les monts d'obsidienne pour affronter Arthus et tenter de te récupérer. J'ai essayé de les en dissuader, mais en vain. Je ne les ai jamais revus depuis et ne sais ce qu'il est advenu d'eux.

— Eux au moins ont eu le courage d'essayer, murmura Sélène.

Aedan la fixa, blessé, puis se leva pour leur tourner le dos. Sélène regarda Elyas. Tendu, il ne bougeait plus. Elle saisit sa main et lui glissa doucement.

— Ils ne t'ont pas abandonné.

Elyas sortit de sa torpeur et une larme roula sur sa joue. Il ferma le poing pour se reprendre. Malgré le fait que ces révélations soient difficiles à encaisser, son âme était apaisée. Il connaissait enfin son histoire. Il hocha la tête pour rassurer Sélène puis un détail lui revint. Il s'adressa à Aedan :

— Que voulez-vous dire par « ils ont pu accéder à leur magie » ?

Aedan se retourna et observa sans comprendre Elyas.

— Les hybrides n'ont pas de dons, insista le mercenaire.

— Bien sûr qu'ils en ont ! le contredit Aedan. C'est là l'objet de mes recherches. De même que les élus, les hybrides ont des pouvoirs, il faut seulement les éveiller !

— Mais nous ne portons pas la marque des élus ! protesta Elyas.

— Certes, mais vous en avez une autre qui vous est propre. Et celle de Sélène est également différente. Lorsque tu es venue au monde, continua-t-il en regardant celle-ci, et que j'ai vu que tu étais une fille et que tu portais la marque de la lune, j'ai su que contrairement à ce qu'on nous enseignait à l'Académie, les unions mixtes n'entravaient pas la transmission de la magie, au contraire ! C'est pour cela qu'Arthus m'a évincé, il ne souhaitait pas que cette vérité se répande et nuise à la suprématie des mages, instaurée depuis des siècles à Opale. Il a ordonné l'incendie de la bibliothèque de Jade par le biais de ses sbires et a fait détruire les gisements de la seule pierre connue pour éveiller les pouvoirs des hybrides. La pierre de lune.

Abasourdis, Sélène et Elyas tentèrent de remettre de l'ordre dans toutes ces informations. Le monde dans lequel ils vivaient était bâti sur un mensonge. Pour asseoir sa domination, Arthus jouait sur les peurs insidieuses de chacun, en les montant les uns contre les autres et en les persuadant que les hybrides représentaient un danger contre lequel ils devaient lutter en mettant un terme aux unions mixtes.

— Mais il n'y a jamais eu de sites dédiés à la pierre de lune, elle n'est offerte qu'à certains mages par la déesse elle-même, rétorqua Sélène.

— Les gisements étaient situés dans la ville d'Agate.

— La ville des hybrides… murmura la jeune femme.

— En effet, mais ils ont été détruits et leur secret fut perdu avec eux.

— La marque de Sélène a changé, intervint Elyas. Avant ce n'était qu'un croissant de lune.

Aedan l'observa plus attentivement et vit en effet que sa marque était désormais complète.

— Ta marque représente le cycle lunaire dans sa globalité à présent, ce qui signifie que tu as éveillé la totalité de tes dons.

— Qu'est-ce que cela veut dire ? Quels dons ? C'est en touchant la marque d'Elyas que la mienne s'est modifiée, mais je n'ai pas perçu de différence depuis lors, songea la jeune femme.

— En es-tu certaine ? murmura Aedan. Ne te sens-tu pas différente ? Complète ?

Sélène garda le silence. Il est vrai qu'elle se sentait plus forte, mais elle avait mis ça sur le compte de son acceptation de sa mission donnée par la déesse mère et puis parce qu'elle n'avait d'autre choix que celui d'avancer. En plongeant plus profondément en elle, elle lâcha un cri de surprise qui alerta Elyas. Elle se tourna vers celui-ci, puis porta la main à sa bouche en se tournant vers Aedan.

— Je suis une hybride pas seulement une élue, ce qui veut dire que je possède des pouvoirs et également la capacité de… me transformer en louve ?

Aedan acquiesça. Elyas resta sans voix tandis que son loup lui reprochait de n'avoir pas réalisé ce fait depuis le début.

— Mais je ne me suis jamais transformée et si Arthus le savait pourquoi ne m'a-t-il pas tué ? Personne n'a éveillé ma magie, pourtant je la sentais circuler en moi comme un feu, je ne comprends pas ! protesta Sélène en proie à la panique.

— Quel artefact as-tu reçu le jour de la cérémonie ? reprit patiemment Aedan.

— Je… Mon médaillon ? répondit Sélène en le dégageant de sa tunique.

Aedan l'observa et Sélène comprit que ce médaillon contenait les six pierres d'Opale ainsi qu'une septième, la pierre de lune. Soudain, tout lui parut clair.

— Alors en recevant mon artefact, mes pouvoirs se sont éveillés et en rencontrant Elyas, ma part louve s'est unifiée à ma part mage. Cependant, une chose me chiffonne, vous dites que seule la pierre de lune possède la capacité d'activer les dons des hybrides et que c'est pour cela que les gisements ont été détruits par Arthus qui a dissimulé ce savoir. Mais comment lui, a eu accès à cette connaissance concernant les propriétés de cette pierre ?

Aedan soupira, il s'assit et joignit ses mains devant ses yeux. Reprenant son inspiration, il regarda Elyas puis Sélène.

— N'as-tu jamais rien remarqué d'anormal chez lui pendant tes années à l'Académie ?

— Je… Non, je ne le voyais jamais, j'étais isolée et hormis Enora, ma gouvernante et Eilin je n'avais de contact qu'avec mes précepteurs. La seule fois où j'ai vu l'archimage de près fut lors de la cérémonie qui a failli se conclure par ma mort, réfléchit-elle.

— Souviens-toi, insista Aedan en essayant de ne pas réagir au fait que sa fille ait failli mourir des mains de celui qu'il considérait autrefois comme son ami.

— Mais pourquoi tant de mystères ! Pourquoi refusez-vous de me dire ce que j'aurai dû remarquer ! Je ne me souviens de rien de notable ! Hormis de son regard froid et calculateur, son envie irrépressible de me tuer, la convoitise lorsqu'il a vu mon médaillon et ma surprise en voyant que mon artefact réunissait autant de pouvoir dont la pierre de l'archimage en personne ! s'énerva-t-elle en se levant.

Lorsqu'elle réalisa ce qu'elle venait de dire, elle porta la main à sa bouche. Elyas, stoïque n'en revenait pas lui non plus de cette révélation. Le puzzle s'offrait enfin à leurs yeux dans son entièreté. Ils venaient de comprendre le secret de l'archimage.

— Arthus est un hybride, assena Elyas formulant par des mots une réalité écrasante et implacable.

Sélène se retourna face à Aedan qui croisa son regard.

— Ce serait trop long de t'expliquer comment je l'ai découvert, en revanche ce que je peux te dire c'est que je ne pouvais révéler son secret à cause d'un sort de silence.

— Mais alors pourquoi méprise-t-il tant les hybrides s'il en est un lui-même ? C'est insensé ! réagit Sélène.

— Je n'ai pas de réponses à cela, il est le seul à le savoir.

— Et ses disciples ? Ils ne doivent pas être au courant de sa véritable nature, sinon ils ne le suivraient pas, remarqua Elyas.

— Nous pouvons le supposer en effet, reprit Aedan, songeur.

— Mais si vous saviez tout ça pourquoi n'êtes-vous jamais revenu à Azurite ? Au moins pour éveiller la magie des hybrides et prouver à tous l'imposture de l'archimage ! releva Sélène.

— Je ne pouvais pas.

— Pourquoi ? cria Sélène malgré elle.

— Je n'ai plus de pouvoir ! s'énerva Aedan. Jamais je n'aurais pu lui faire face. J'étais démuni la première fois avec ma magie alors sans… Et puis surtout j'avais fait une promesse aux parents d'Elyas, celle de construire un refuge ici pour éveiller les dons des hybrides qui étaient envoyés dans le désert par Arthus qui pensait s'assurer ainsi de leur mort. En cela, il a été négligent puisque la caverne de quartz leur a permis de me rejoindre ici. Une fois au refuge, je peux éveiller leurs dons et ils peuvent soit repartir vers Agate, soit rester ici. La plupart d'entre eux rejoignent la cité portuaire et partagent leur secret avec d'autres hybrides qui font alors le voyage à leur tour.

— Alors tu as agi toutes ces années en permettant aux hybrides de pouvoir enfin se défendre, réalisa Sélène. Mais je croyais la pierre de lune introuvable ?

— Elle l'est, mais j'ai découvert une autre pierre qui possède les mêmes propriétés.

— L'obsidienne, comprit Elyas.

Sélène se sentit étouffer. Cela faisait trop pour elle. Elle sortit de la chaumière sans ajouter un mot puis elle avança vers la sortie de ce village refuge sous les yeux curieux des hybrides. Des hommes, des femmes, des enfants… Une réalité qu'elle aurait pu connaître. Une vie de famille qu'elle aurait pu vivre loin de toutes les horreurs de la capitale. Éperdue, elle courut le plus loin qu'elle put et retrouva la clairière où ils s'étaient arrêtés quelques heures plus tôt. Là, elle s'effondra sur un rocher où elle déversa toute sa rancœur, sa douleur et sa colère. Ses larmes se mêlaient à l'eau de la cascade, brouillant le reflet que l'eau limpide lui renvoyait. Après quelques instants, elle inspira puis s'adossa contre le rocher. Elle avait besoin de faire le vide pour appréhender tout ce qu'elle venait de découvrir.

D'abord, elle avait accompli sa mission en retrouvant Aedan. Puis elle avait appris les raisons de sa retraite qu'elle avait d'abord vue comme une marque de lâcheté. Par ailleurs, ils avaient enfin appris la vérité sur les origines d'Elyas, il restait peut-être même un espoir de savoir ce qu'il était advenu de ses parents après leur retour à Azurite. Ensuite, elle avait appris qu'en tant qu'hybride elle était capable de se transformer en louve. En repensant aux familles qu'elle avait croisées en sortant du village d'obsidienne, cela lui parut tellement naturel alors qu'hier encore elle ne s'en doutait pas une seconde. Enfin, la vérité sur l'archimage et la corrélation entre les propriétés des pierres de lune et l'obsidienne ainsi que le rôle joué par son père depuis tout ce temps, s'offrit à elle dans sa totalité. Sélène compris qu'Eilin devait le savoir depuis le début. Voilà pourquoi elle avait mis en place la résistance à Azurite et pourquoi elle possédait autant d'informations ! Les hybrides qui étaient passés entre les mains d'Aedan et qui retournaient à Agate devaient appartenir à leur réseau d'informateurs. Mais pourquoi ne pas lui avoir dit tout ça avant qu'elle entreprenne cette expédition ? Tout ceci n'était-il qu'une vaste supercherie ? La lune lui avait confié une mission, mais si tout était fait à son insu, qu'attendait-on réellement d'elle ? N'était-elle qu'un pion dans ce jeu trop grand pour elle ?

Chapitre XIII

Sélène resta un moment ainsi, à écouter le murmure de la cascade pour apaiser ses tourments. Elyas la rejoignit quelques heures plus tard. Il s'assit à côté d'elle et resta silencieux, contemplant le paysage qui les entourait. Si on lui avait dit quelques semaines auparavant que son destin prendrait un tel tournant ! Sélène était entrée dans sa vie du jour au lendemain et pourtant il était certain de ne pas vouloir qu'elle en sorte malgré le lot de péripéties qu'elle emportait dans ses valises. Lui qui la prenait de haut en insinuant qu'elle était déconnectée de la réalité, à l'abri des murs de l'Académie… À présent il se mordait la langue de s'être autant trompé.

— Que veux-tu faire à présent ? demanda-t-il finalement, sortant Sélène de sa torpeur.

— Pour être honnête, je ne sais pas. Nous avons retrouvé Aedan, mais je ne suis pas certaine qu'il nous suivra à Azurite et quand bien même le ferait-il, sans sa magie il ne pourra affronter Arthus, songea la jeune femme.

— Je te trouve un peu dure avec lui, c'est quand même ton père, reprit Elyas.

Sélène ne dit rien. Elle savait qu'il avait raison, mais c'était plus fort qu'elle. Elle réfléchit un instant puis changea de sujet.

— Pourquoi ne pas profiter de notre séjour ici pour éveiller tes pouvoirs ? suggéra-t-elle.

— Comment ?

— Oui, tu n'y as même pas pensé ? s'étonna la jeune femme.

— À vrai dire, je vis ainsi depuis tellement longtemps… Et si je n'étais plus le même après ? Si ça se passait mal ? Si mon loup prenait le pas sur l'homme ?

— Bah ! Rassure-toi ça ne changerait pas beaucoup ! Tu es déjà solitaire, taciturne et sauvage comme un loup ! se moqua gentiment Sélène.

— Tiens on dirait que la princesse a appris le cynisme ! Tout n'est peut-être pas perdu pour toi finalement ! riposta le mercenaire en souriant.

— Trêve de plaisanterie, j'ai encore besoin de temps pour réfléchir, mais en attendant si tu as envie de le faire, je serai avec toi, je ne te laisse pas, reprit-elle sérieusement.

Touché, Elyas acquiesça. Sélène se releva et rangea leurs affaires pour retourner au village. Le mercenaire fit de même puis ils retournèrent vers le refuge. Lorsqu'ils arrivèrent, Aedan les attendait à l'entrée du village. Il les conduisit devant une petite chaumière proche de la sienne où ils pouvaient séjourner le temps qu'ils le souhaitaient. Ils déposèrent leurs affaires puis Sélène lui demanda s'il était possible d'éveiller les dons d'Elyas. Aedan accepta et les guida à l'extérieur du village. Ils longèrent les remparts offerts par la nature jusqu'à atteindre le pied d'une montagne. Aedan, toujours muni de son bâton, pointa celui-ci dans un creux de la paroi et celle-ci s'effaça laissant apparaitre une immense salle tapissée de cristaux et d'obsidienne.

Ils entrèrent en silence, suivant le mage qui les conduisit au centre de la pièce. Il indiqua à Sélène de s'asseoir derrière lui afin de ne pas perturber la cérémonie. Avec appréhension, elle observa en tant que spectatrice cette fois-ci, Elyas, qui recevait sa confirmation. Elle repoussa les souvenirs de sa propre cérémonie pour ne se concentrer que sur le mercenaire. Aedan conduisit ensuite l'hybride vers un bassin creusé dans le cristal lui-même et rempli d'une eau claire et limpide. Les dissimulant derrière un paravent, Aedan l'invita à se dévêtir afin de se purifier dans les eaux du bassin. Il lui demanda également de retirer l'Œil de tigre qu'il portait autour de son cou. Il le laissa procéder et revint avec une longue robe de cérémonie bleue. Ses ablutions terminées, Elyas revêtit la tenue de cérémonie et laça la cordelette autour de sa taille. Pieds nus et dans un état second, il suivit Aedan en silence. Il croisa le regard encourageant de Sélène et prit place face au mage.

La situation lui parut tellement étrange. Lui, l'orphelin prétendument abandonné par ses parents devant le temple des prêtresses, hybride brisé qui avait vécu au rythme des tortures des servantes d'Arthus, se trouvait là aujourd'hui face à un mage, prêt à prêter un serment devant l'autel de la déesse mère. Il osa lever le regard et constata qu'une ouverture avait été faite dans le plafond de la salle pour laisser filtrer la lumière lunaire qui se reflétait dans les cristaux et les éclats d'obsidienne. La nuit était tombée sur le camp et alors que la lune commençait son ascension, Aedan commença la cérémonie.

Sélène fut surprise de retrouver en ce lieu, le même rituel que celui dont elle avait bénéficié à l'Académie. Néanmoins à part elle, il n'y avait aucun spectateur. Et surtout elle ne ressentait pas ce malaise au fond de ses entrailles. Au contraire, elle était apaisée en ce sanctuaire. Elle laissa ses doutes de côté et se contenta d'être présente pour son compagnon, car il l'était plus que jamais cette nuit, un compagnon de route, un ami. Peut-être même davantage si la vie le leur permettait bien après le conflit.

Elyas but à la coupe, l'hydromel harmonisant son âme avec la reconnaissance de son identité. Puis il prononça son serment auprès de la déesse lunaire. Pour artefact, il reçut un médaillon en argent, ovale, avec des runes protectrices gravées autour d'une pierre d'obsidienne ancrée en son centre. Lorsque Aedan lui passa la pierre autour du cou, la lune venait d'atteindre sa place dans le ciel et ses rayons éclairèrent la salle qui brilla sous la bénédiction de l'astre.

Au moment où le pendentif toucha sa peau, Elyas ferma les yeux et sentit une douce chaleur parcourir son âme. Les blessures intérieures s'estompèrent et il vit le lien qu'il partageait avec son loup. Un entrelacement de faisceaux argenté le reliait à sa part animale. Le grand loup noir vint vers lui et Elyas se mit à sa hauteur pour le regarder plus attentivement.

Ils s'observèrent mutuellement, s'apprivoisant, se reconnaissant et s'acceptant enfin pour partenaire complémentaire. À l'instar d'Elyas, le loup possédait un œil noir et un œil bleu. Noir pour l'homme, bleu pour l'animal. Elyas tendit la main vers le loup qui le laissa faire. À l'instant où ses doigts rencontrèrent la fourrure soyeuse de l'animal, il se transforma et prit enfin sa forme lupine pour la première fois en vingt-quatre ans d'existence. Lorsqu'il rouvrit les yeux, un monde étrange de sons et d'odeurs s'ouvrait à lui. La lumière de la lune se reflétant dans les cristaux lui offrait un kaléidoscope impressionnant.

Subjugué, il prit le temps d'explorer chacune de ses nouvelles sensations. Enfin il était entier, apaisé, soulagé même. Et surtout plus fort, plus puissant. Au-delà du loup, il sentait la magie affluer dans son corps. Cela n'avait rien à voir avec les capacités des mages. La magie des hybrides était primitive, sauvage et leur offrait un lien privilégié avec les forces de la nature. Il hurla à la lune et céda à son instinct sauvage. Il courut vers la sortie et se perdit dans la forêt pour une course effrénée durant laquelle il fut rejoint par les hybrides vivant avec Aedan au refuge. Ses derniers avaient répondu à son appel. Il se sentit appartenir à une meute pour la première fois de sa vie et fut transporté de joie et de plénitude.

Sélène qui avait assisté à toute la scène, s'était levée et avait rejoint Aedan derrière l'autel lorsque Elyas fut parti.

— La cérémonie a fonctionné, ses pouvoirs se sont éveillés, déclara-t-elle, émue.

— En effet, je suis heureux qu'il ait enfin trouvé la paix. Toutes ces années je n'ai cessé de penser à lui, à la souffrance dans ses yeux d'enfant.

— Tu aurais pu revenir, riposta Sélène.

Aedan se tourna vers elle et planta ses yeux gris dans les siens.

— Je devais rester ici, je savais que vous viendriez à ma rencontre. Tu ne le comprends pas encore, mais parfois nous devons suivre la volonté de la déesse pour être là au bon endroit, au bon moment. Je comprends ta rancœur envers moi, elle est bien légitime. J'aurais aimé être un père avant d'être un mage, mais à travers moi quelque chose de plus grand était à l'œuvre. Pour te protéger j'ai dû accepter de t'abandonner. Pourtant je te le promets, jamais tu n'as quitté mes pensées. Pas un soir sans que je ne prie la déesse de te protéger tout comme ta mère. Mais je devais accomplir ma mission en aidant les hybrides.

Des perles d'eau salées glissèrent sur les joues de Sélène.

— J'avais tellement besoin de toi, murmura-t-elle le cœur brisé.

Aedan ne put lui répondre, ses larmes accompagnèrent celles de sa fille. Il osa s'approcher d'elle pour la prendre dans ses bras et fut soulagé de voir que cette fois-ci elle ne le repoussa pas. Elle se blottit contre ce père qui lui avait fait défaut pendant vingt ans. Elle pleura toute sa frustration et sa colère, mais aussi son cœur meurtri d'enfant vouée à la solitude. Ils restèrent un moment, enlacés, puis lorsqu'elle fut apaisée, Sélène se redressa.

— Je comprends tes choix et je t'admire pour les épreuves que tu as surmontées afin d'assurer ta mission de gardien d'Opale. Je comprends désormais ce déchirement entre notre vœu personnel de fonder une famille et d'être présent pour elle et notre mission d'assurer la sécurité des habitants d'Opale.

— Je suis fier de toi, mais aussi terriblement navré que tu endures le dilemme auquel j'ai dû faire face il y a des années. Néanmoins, tu as une porte de sortie que je n'avais pas à l'époque, tu es une hybride, pas uniquement une gardienne d'Opale. Ton destin t'appartient.

Sélène songea à la portée de ces mots. Elle avait mené sa mission à bien en retrouvant l'archimage déchu, accompagné du fils de lune qui avait recouvré l'entièreté de son âme. Pourtant, c'était loin d'être terminé, Arthus sévissait toujours à Azurite. Elle savait désormais ce qui lui restait à faire. Mais avant, elle s'adressa à son père :

— Est-ce possible d'éveiller ma partie louve afin que je puisse également me transformer ?

— Bien sûr, tu as déjà reçu la bénédiction de la déesse et tu portes une pierre de lune dans ton médaillon, mais associée à une obsidienne tu pourras unifier tes deux parties de mage et de louve.

Ce faisant, il sortit une pierre d'obsidienne de sa poche puis Sélène lui tendit son médaillon. Il le retourna et ancra la pierre de l'autre côté du médaillon de façon qu'elle soit adossée à la pierre de lune. Lorsqu'elle remit son collier, Sélène rencontra à son tour sa louve. Une louve blanche aux yeux gris. La jeune femme sourit en contemplant son homologue sauvage. Encore une preuve s'il en fallait qu'elle ne suivît pas les règles établies ! Elle tendit la main vers sa louve qui se laissa approcher puis elles ne firent plus qu'une.

Lorsqu'elle ouvrit les yeux dans sa nouvelle enveloppe, Sélène fut éblouie par la myriade de sensations offerte par les perceptions exacerbées de l'animal. Elle tourna son regard vers Aedan qui s'inclina à sa hauteur.

— Tu es magnifique. Va maintenant, rejoins-le pour chanter sous la lune, nous nous retrouverons demain matin, lui dit-il avec tendresse.

Sélène hocha la tête puis courut vers la sortie. Elle n'avait pas besoin de s'inquiéter de la direction à emprunter. Elle faisait confiance à sa louve qui avait pris les rênes de sa conscience. Elle n'entendit pas les mots prononcés par Aedan une fois qu'elle fut hors de sa vue.

— Je te demande pardon ma fille… murmura-t-il avec émotions, en serrant sa main sur son cœur.

Brisé, il laissa son chagrin glisser le long de ses joues. Après tout ce temps passé à espérer, attendre. Malgré sa colère, sa mission était passée avant tout. Jusqu'à aujourd'hui. Revoir enfin sa fille qui lui avait été arrachée alors qu'elle n'était qu'un nourrisson, avait ravivé ses blessures. Rien, pas même la chute d'Arthus ne pourrait lui rendre ce qui lui avait été volé. Sa vie, son amour, sa fille. Se tournant vers la lune qu'il avait toujours respectée, il osa formuler un vœu, le premier depuis vingt ans. Avec toute l'énergie du désespoir, il tendit son âme vers l'astre en fermant les yeux. Il essaya de se connecter à sa magie. C'était la première fois depuis sa confrontation avec Arthus, qu'il tentait l'expérience. Ce qu'il vit raviva sa douleur. Son âme était striée de balafres, le filament qui le reliait autrefois à sa magie était rompu. Sans elle, il restait prisonnier des monts d'obsidienne. Alors qu'il s'apprêtait à renoncer, il s'immobilisa en ressentant une douce présence l'envelopper. Il n'osa esquisser un geste reconnaissant la magie de la déesse lunaire et attendit, empli d'espoir.

— *Aedan, archimage brisé, j'ai entendu ton vœu. Tu m'as servi fidèlement ces dernières années, tu as enduré plus d'épreuves que beaucoup d'autres avant toi. Je comprends ton souhait de retourner auprès des tiens et d'accompagner ta fille dans l'accomplissement de sa mission. Elle porte sur elle la clé qui te permettra de retrouver tes pouvoirs. Fais-en bon usage. À partir de maintenant tu es libre d'agir à ta guise dans ce monde tant que cela ne nuit pas à Opale.*

— Merci infiniment, ma Dame, ma vie est et sera toujours tournée vers le bien-être d'Opale, lui assura le mage.

La présence se retira, laissant Aedan seul face à lui-même dans le halo de la lune. Heureux et soulagé, il se releva et effectua un rituel de purification dans le bassin de cristal. S'il voulait retrouver sa magie, il devait veiller à le faire avec une âme et un corps purifié. Lorsqu'il eut achevé le rituel, il revêtit une longue robe de mage qui lui avait été apporté par un hybride venant d'Agate de la part d'Eilin. La robe était de couleur blanche, aux manches évasées et recouvrait ses pieds nus sur le sol de la caverne. Enfin, il entreprit de méditer à l'intérieur d'un cercle d'obsidienne afin de faire le vide dans son esprit et de se conforter dans sa décision. Avec ou sans magie, il ne quitterait plus sa fille et il reviendrait auprès de son épouse.

Sélène longea la montagne en sortant de la caverne d'obsidienne puis elle se dirigea au cœur de la forêt qui se trouvait sur le flanc de la falaise. Toutes ces nouvelles sensations la submergeaient avec ravissement. Euphorique, elle goûtait à la vraie liberté et se demandait si tous les hybrides ressentaient la même chose lors de leur transformation. Était-ce pour cela que beaucoup choisissait une vie marginale où il ne quittait que peu leur apparence de loup ? Sélène était grisée par la façon dont elle percevait la réalité. La seule chose importante aux yeux de la louve était de rejoindre la meute afin d'unir son chant aux leurs. Impatiente, elle poursuivit sa course jusqu'à ce qu'une odeur familière la fasse ralentir. Une odeur de bois de cèdre et de cuir. Elle suivit ce parfum et retrouva la meute au cœur de la forêt. Certains loups se tenaient sur des rochers, d'autres au centre de leur sanctuaire, d'autres encore restaient à l'écart derrière les arbres, mais présents malgré tout. Sélène avisa un grand loup noir sur un rocher sur le côté droit de la clairière. Elle le rejoignit sous le regard bienveillant de ses congénères. En sentant la louve approcher, Elyas tourna son regard vers elle et une lueur de surprise le traversa. Il émit un jappement de contentement puis l'invita à s'asseoir près de lui. Ravie, la louve blanche s'élança et en deux bonds se lova contre son compagnon. Ce qui était compliqué, en attente, en tant qu'humain était au contraire simple et évident en tant que loup. Au cœur de la nuit, aucun mot n'était indispensable là où leurs cœurs battaient à l'unisson.

Sélène observa ensuite l'ensemble de la meute. Du haut de leur promontoire, ils avaient une vue imprenable sur ce qui se déroulait au-dessous d'eux. Elle remarqua une rivière qui serpentait le long de la forêt et qui devait finir sa course dans la clairière où ils étaient arrivés, Elyas et elle, la veille. Ils étaient donc au nord des montagnes cette fois. Trois loups se tenaient près de la rivière et observaient celle-ci attendant un signal que ne comprit pas immédiatement la jeune louve. Tout devint plus clair lorsqu'elle devina le reflet de la lune dans l'eau. Les trois loups gris se tournèrent alors vers le couple alpha de la meute situé au centre de leur rassemblement. Le mâle renversa sa tête en arrière et poussa un hurlement qui fut bientôt rejoint par celui de la louve alpha. Les uns après les autres en fonction de leur statut dans la meute, unirent leur chant à celui des dominants. Sélène sentit son cœur se gonfler de joie. Puis ce fut à leur tour de joindre leur hurlement, d'abord Elyas qui puisa dans toute son âme pour pousser un cri déchirant, vibrant de toute la souffrance qu'il avait endurée avant d'exprimer la joie d'être ici, en phase avec lui-même et en communion avec la meute. Sélène mêla enfin son chant aux autres, le clôturant et leurs hurlements ainsi entremêlés formèrent des ondes de magie qui se rejoignaient, s'imbriquaient les unes avec les autres et donnaient naissance à une protection inaltérable.

La magie dura jusqu'à ce que la lune commence son chemin décroissant pour laisser place à l'astre solaire. Les loups se turent puis tour à tour disparurent chacun dans sa propre direction. Le couple alpha s'éclipsa après la meute. Ne restaient plus qu'Elyas et Sélène, encore transis par toute cette magie et les derniers événements. Puis, le grand loup noir toucha l'épaule de la louve blanche du bout de son museau pour lui signifier qu'il comptait descendre du rocher. Elle le suivit tranquillement. Il lui lança un regard et voyant qu'elle le suivait toujours, il jappa avant de partir en courant au cœur de la canopée. Surprise, Sélène mit une seconde à réagir puis elle se retrouva à zigzaguer entre les arbres pour suivre son compagnon. Il avait un atout sur elle, sa fourrure était facilement dissimulable surtout de nuit tandis qu'elle, elle était repérable à cinq cents mètres à la ronde ! Heureusement, sa corpulence plus menue jouait en sa faveur et sa rapidité était impressionnante. Elle revint bientôt à la hauteur du loup dont les muscles roulaient sous sa fourrure chatoyante. Ensemble, ils parcoururent les monts d'obsidienne, appréciant la liberté qui guidait leur pas, les parfums qui les enivraient et les sons qui leur offraient une mélodie incomparable.

Chapitre XIV

Sélène et Elyas se retrouvèrent à la clairière où leur périple avait pris une autre tournure. Ce lieu devenait peu à peu leur refuge. Cette fois, ils se savaient en territoire ami, ainsi ils profitaient de la sensation de sécurité qu'ils n'avaient plus eu l'occasion de ressentir notamment ces derniers jours. Ils allèrent se désaltérer à la cascade puis ils reprirent forme humaine. Le visage d'Elyas était transfiguré de bonheur. Sélène ne put s'empêcher de sourire en voyant tant de félicité chez son compagnon. Encore sous l'euphorie de leur course, le mercenaire s'avança et prit la jeune femme dans ses bras. Il la regarda intensément tandis que leurs bouches se rencontrèrent, d'abord tendrement puis avec avidité. Ils se séparèrent le temps de reprendre leur souffle puis Elyas murmura :

— Je ne sais pas où cette histoire va nous mener, mais j'ai l'impression de vivre enfin depuis que tu es entrée dans ma vie. Tu m'as tellement apporté en si peu de temps…

— Je croyais que je n'étais qu'une princesse inconsciente et naïve ? répondit malicieusement la jeune femme.

— C'est le cas, mais tu es ma princesse, souffla-t-il d'une voix rauque.

Ils s'embrassèrent de nouveau puis laissèrent de côté la raison pour se perdre dans le torrent de sensations qui déferlait en eux. Les mains d'Elyas descendirent le long du dos de la jeune femme déclenchant des frissons à celle-ci. Il fit glisser la robe de la magicienne puis contempla un instant la pureté de son corps, ses courbes arrondies et la douceur veloutée de son grain de peau. Sélène l'aida à ôter sa tenue de cérémonie puis à son tour elle fit connaissance avec le corps de son compagnon. Ses doigts glissèrent sur les cicatrices d'anciennes blessures qui parcouraient son torse, ses bras et son dos. Elle les embrassa une à une pour rassurer son compagnon puis elle lui fit de nouveau face. Il la prit dans ses bras et l'allongea sur le sol. Dans le secret de la nuit, ils s'unirent avec tendresse et passion. Scellant leur attachement sans se préoccuper de l'avenir, mais avec la certitude qu'il ne s'écrirait pas l'un sans l'autre. Ils finirent par s'endormir, dans les bras l'un de l'autre, les jambes entrelacées.

Ce furent les rayons du soleil qui les réveillèrent. Prenant quelques instants pour retrouver leurs esprits, ils se sourirent et s'embrassèrent avant de se relever et de récupérer leurs vêtements. Ils profitèrent de la cascade pour se rafraîchir, Sélène remit de l'ordre dans ses cheveux en les tressant rapidement. Main dans la main, ils retournèrent au village. La jeune femme avait enfin pris sa décision et elle voulait la partager avec Elyas en présence d'Aedan.

Ils entrèrent dans le village et eurent la surprise d'être salués par les habitants, ceux-là mêmes qui, la veille, se méfiaient d'eux. Ils reconnurent en croisant leur regard, les loups avec lesquels ils avaient chanté sous la lune et les saluèrent en retour. Ils virent Aedan devant sa maison qui semblait les attendre. Il marqua un temps d'arrêt en notant le rapprochement des jeunes gens. Fronçant les sourcils, son regard s'arrêta sur Elyas, qui lâcha la main de Sélène en comprenant qu'ils avaient non seulement outrepassé les codes de leur société, mais qu'en plus il s'était passé de la bénédiction du père de sa compagne pour se rapprocher d'elle. Ils s'arrêtèrent face au mage. Celui-ci perçut le malaise du loup et en fut satisfait. Il les invita à entrer en silence, prolongeant le supplice du mercenaire.

— Bien, je suppose que votre initiation en tant que loups s'est bien déroulé, commença Aedan une fois qu'ils furent tous les trois attablés.

Sélène nota avec gratitude que le mage leur avait prévu de quoi se restaurer et sur son encouragement, elle se servit de petits pains et de chocolat chaud. Elle versa une tasse pour son compagnon et nota que celui-ci conservait résolument le regard fixé sur la table devant lui.

— C'était incroyable, déclara Sélène, je n'avais jamais vu autant de loups au même endroit ! D'ailleurs, je n'avais encore jamais vu de loup avant d'arriver ici, mais peu importe !

— Je suis heureux que tu aies pu vivre cet instant, déclara sincèrement le mage en esquissant enfin un sourire.

— Nous avons pu découvrir que les hybrides en s'unissant ainsi en meute étaient dotés d'une magie protectrice réellement puissante ! Non seulement leurs pouvoirs individuels sont éveillés, mais en plus ils… Enfin nous, possédons une magie…

— La magie de la meute, compléta Aedan.

Sélène hocha la tête. Elyas gardait toujours le silence. Après avoir terminé leur collation, la jeune femme reprit.

— J'ai pris une décision. Au vu des derniers événements, j'avais besoin de réfléchir et de me recentrer sur moi-même. Les nouvelles informations que tu nous as fournies sont précieuses pour l'avenir d'Opale et je me dois d'agir en tant que gardienne d'Azurite pour chasser l'imposteur de l'Académie et mettre fin à son règne de corruption.

Sélène marqua une pause, pour s'assurer de l'attention des deux hommes, puis elle enchaîna.

— Je vais retourner à Azurite et affronter Arthus.

— Attends une seconde, releva Elyas, nous n'avons aucune idée de la façon dont les choses ont évolué depuis notre

176

départ. Peut-être que la guerre a déjà commencé ou encore que la résistance n'existe plus !

— Elyas à raison, intervint Aedan. Ta décision est noble, mais il te faut plus d'informations pour réfléchir à un vrai plan d'attaque. Foncer tête baissée sans réfléchir n'est pas un plan.

— Hum alors que proposent les grands stratèges ? bougonna Sélène, vexée.

— Tu as toujours le quartz d'Alana ? Elle nous l'avait confié pour que nous lui donnions des nouvelles… reprit Elyas.

— Oh ! Je l'avais complètement oublié ! s'exclama la jeune femme en allant le chercher dans son sac laissé la veille chez Aedan. Lorsqu'elle le retrouva, Aedan marqua un temps d'arrêt.

— C'est impossible, souffla-t-il, les yeux fixés sur la pierre.

— Qu'y a-t-il ? demanda Sélène, inquiète devant ce brusque changement d'humeur.

— Après votre départ, j'ai formulé un vœu à la déesse lunaire. Je ne l'avais pas fait depuis vingt ans et je n'étais pas certain qu'elle me répondrait. Mais elle l'a fait.

— Quel était ce vœu ? s'inquiéta Sélène.

—D'être libéré de ma fonction de gardien pour t'accompagner dans ta quête et retrouver ta mère.

Stupéfaite, Sélène ne sut que dire. Aedan poursuivit.

— Elle a accepté et m'a précisé que je pourrai peut-être regagner mes pouvoirs. Je me suis préparé hier soir sans comprendre où elle voulait en venir, mais à présent tout est clair. Tu possèdes ce qu'il me manque pour retrouver ma magie ! déclara-t-il en fixant le quartz dans la main de Sélène.

— En quoi ce fragment peut t'aider ?

Aedan quitta la pièce un instant et en revint avec un bâton, celui qu'il avait lors de leur première rencontre. Ce que Sélène avait d'abord pris pour un vulgaire bout de bois, était en réalité le sceptre de mage d'Aedan. Son artefact. Il le posa sur la table et invita Sélène à le regarder de plus près. En l'observant, elle comprit comment elle pouvait l'aider.

Le sceptre formait une griffe à son extrémité. Un orbe de quartz brisé s'y trouvait, réceptacle de la magie d'Aedan. Incrédule, elle approcha son éclat de l'orbe et celle-ci s'illumina à son approche. Sélène regarda le mage déchu, hésitant un court instant en repensant au traumatisme qu'il avait subi lors de son affrontement avec Arthus. Elle craignait pour la vie de son père, peut-être vaudrait-il mieux qu'il reste en sécurité ici et qu'elle envoie Eilin le rejoindre ?

Aedan la laissa faire son choix en gardant le silence. Il souhaitait ardemment retrouver sa magie, redevenir celui qu'il était. Cependant sa décision était prise. Avec ou sans pouvoir, il n'abandonnerait pas une deuxième fois sa famille. Eilin se battait en tant qu'humaine depuis toujours, il pouvait le faire à son tour.

Sélène inspira pour chasser ses doutes et inséra l'éclat manquant dans le creux de l'orbe. Le bâton s'éleva et un faisceau se créa entre l'artefact et Aedan. Fermant les yeux, il sentit son âme redevenir une et la magie circuler de nouveau en lui. Ses obstacles internes se levèrent et il se sentit apaisé. Lorsqu'il ouvrit les yeux, il tenait son bâton dans sa main. Celui-ci ne cessait d'émettre de la lumière. Le mage en baissa l'intensité et ce simple acte de magie lui parut être un prodige en repensant à toutes ces années sans avoir eu accès à une part de lui-même.

— Merci ma fille ! déclara-t-il en envoyant une onde d'amour à Sélène.

Ne s'attendant pas à cela, elle fut soufflée par l'intensité de l'attachement de son père envers elle. En tant que mages, ils pouvaient communiquer autrement que par la parole et en rendant son identité à son père elle comprit qu'elle complétait une partie d'elle-même en réveillant des sensations qu'elle avait connues avant son enlèvement par Arthus. Honteuse d'avoir douté de cet homme qui avait tout sacrifié pour son bien-être, elle se précipita dans ses bras. Aedan l'enlaça, soulagé d'avoir sa fille retrouvée contre lui. Après cet instant d'émotions, le mage repoussa gentiment Sélène et prit les choses en main.

— Bien, à présent je vais pouvoir vous être davantage utile. Commençons par suivre la suggestion du loup et prenons contact avec la résistance.

— Attends, j'ai une question, l'interrompit Sélène. Il l'encouragea du regard à poursuivre. Comment se fait-il qu'Eilin fût en possession de cet éclat de quartz ?

Aedan sourit avant de lui répondre.

— Lorsque Arthus m'a vaincu et qu'il a voulu m'arracher le cœur, il n'a pas pu, car un éclat de quartz lui en bloqué l'accès. Ta mère possédait la seconde moitié de cet éclat.

— Vous êtes réellement des âmes sœurs alors… murmura Sélène dont l'admiration pour le couple que formait ses parents venait encore d'augmenter.

— Évidemment jeune fille ! plaisanta Aedan. La déesse ne met jamais deux personnes sur un même chemin par hasard. Cela dit nous parlerons de tout cela plus tard si tu le veux bien. Quant à nous, jeune loup présomptueux, nous aurons une conversation également si l'on survit à ce qui nous attend.

Elyas se raidit comme un enfant prit en faute, puis releva la tête pour affronter Aedan du regard. Plus question de se laisser intimider, il était un homme désormais et malgré l'admiration et le respect sincère qu'il éprouvait pour le mage, il était bien décidé à lui prouver ses bonnes intentions envers sa fille.

— Hum, alors comment entrons-nous en contact avec Eilin si la magie ne fonctionne pas ici ? glissa timidement Sélène mettant fin à l'affrontement silencieux des deux hommes.

— La magie des pierres fonctionne c'est pour cela que les hybrides peuvent user de leurs dons, seuls les sortilèges, malédictions ou autre manipulation magique sont bloquées, expliqua Aedan.

Il se concentra puis frappa le sol de son sceptre par deux fois. La lumière de l'orbe s'intensifia et projeta face à eux une image d'abord brouillée. Sélène tenta d'identifier les contours du visage qui se dessinait devant eux. Elle crut reconnaître sa mère, mais les traits se précisèrent et elle vit qu'il s'agissait en réalité d'Alana. Celle-ci marqua un temps d'arrêt en constatant la présence d'Aedan puis des larmes de soulagement roulèrent de ses yeux.

— Par la déesse, Aedan tu es vivant ! Nous n'avions jamais voulu contredire Eilin lorsqu'elle parlait de toi comme si tu étais en vie, mais j'étais loin d'imaginer… Sélène, vous avez réussi !

— Oui tante Alana, et Aedan a également récupéré ses pouvoirs !

— Récupéré ses pouvoirs, mais pourquoi…

— Plus tard pour les explications, la connexion est difficile à maintenir et nous prenons le risque qu'Arthus sente notre magie, intervint Aedan.

— Tu as raison, il y a urgence, approuva Alana en reportant son attention sur lui. La situation est critique ici, la plupart des nôtres ont été arrêtés. L'orbe rouge a instauré une ère de terreur où la délation est reine ! Arthus a mis au point ce qu'il appelle « la purge ». Il veut éradiquer tout hybride présent à Azurite d'abord, puis il continuera avec le reste du territoire !

— Qu'en est-il des autres villes ? Ils n'interviennent pas ? Et les autres réseaux de résistance ?

— Jade et Ambre sont sous la coupe d'Arthus. Grenat par ses relations anciennes avec Agate, refuse d'intervenir dans le conflit tant qu'il ne sort pas d'Azurite et Agate est devenue le refuge de tous les hybrides exilés d'Azurite.

— Et pour Œil de tigre ?

— C'est plus compliqué chez eux où deux camps s'opposent comme à Azurite, les dirigeants craignent une guerre civile. Nos réseaux sont fermés à Jade et Ambre, mais nous avons pu rallier celui d'Œil de tigre et d'Agate. Grenat reste en retrait, mais si la situation devait mal tourner elle détruirait les ponts d'accès menant à Agate pour protéger les hybrides qui y sont réfugiés.

Sélène pris le temps d'absorber toutes ces informations.

— Si j'ai bien compris Œil de tigre est en guerre civile et les autres villes n'interviennent pour l'instant pas physiquement au conflit d'Azurite ?

— Oui, c'est bien cela. Arthus a demandé à ce que les exilés soient interceptés avant d'atteindre Grenat par les chasseurs d'Œil de tigre, mais au sein même d'Azurite l'orbe rouge a tout pouvoir. Arthus nous a coupés de nos réseaux et il a aussi enlevé Eilin, acheva Alana résignée.

— Quoi ? Mais comment a-t-il fait ? s'exclama Sélène.

— Peu importe, coupa Aedan froidement, où la retient-il ?

— À l'Académie, répondit tristement Alana.

— Bien, donnez l'ordre à vos résistants de rester cachés, nous revenons au plus vite. Arrêtez toutes vos missions. Arthus sait que Sélène viendra pour sa mère mais il ignore que je l'accompagnerai.

— Bien. Soyez prudents.

Aedan hocha la tête et rompit le contact. Ils restèrent tous trois silencieux le temps de reprendre leurs esprits. Sélène serra les poings. Une fois encore Arthus avait agi de manière déloyale. Il avait réussi à s'attirer la sympathie des villes voisines et à s'assurer de pouvoir agir en toute impunité au sein même d'Azurite en divisant la population et en traquant les hybrides. La résistance avait été dénoncée et il avait retrouvé Eilin… Sélène était certaine qu'Arthus l'attendait de pied ferme. Il devait même se douter qu'Aedan serait là, mais le fait que ce dernier ait récupéré ses pouvoirs leur serait peut-être un atout… Et puis il y avait aussi Elyas et la magie éveillée des hybrides… Comme s'il suivait sa réflexion, Aedan prit la parole.

— Bien nous allons rentrer tous les trois à Azurite. Arthus est un homme intelligent, il ne veut pas d'affrontements armés, il n'en a pas besoin pour asseoir sa domination. La manipulation est son arme de prédilection. L'instabilité d'Œil de tigre rend toute guerre caduque puisqu'ils ne sortiront pas de la ville tant que leur guerre civile ne sera pas terminée. Quant à Grenat et Agate, il sait qu'elles ne possèdent pas de forces armées. Tout du moins, c'est ce qu'il croit.

— Que veux-tu dire ? demanda Sélène perplexe.

— Depuis vingt ans, les hybrides dont j'ai éveillé la magie se réunissent à Agate. Alana ne le sait pas, seule Eilin était au courant. Nous avions mis en place ce circuit fermé, elle m'envoyait les hybrides pour que j'active leur magie et ceux qui souhaitaient lutter contre Arthus rejoignaient Agate pour organiser la rébellion. Je vais les avertir pour qu'ils nous rejoignent à Azurite. Nous devons arriver un peu en amont pour mettre au point un plan d'attaque. Les disciples d'Arthus ne pourront pas continuer de persécuter la population sans représailles. Quant à nous, nous irons à l'Académie. Pendant que j'affronterai Arthus, vous irez libérer Eilin.

Sélène acquiesça silencieusement. Elyas approuva d'un signe de tête.

— Soit, si tout est clair, vous pouvez aller vous préparer dans la maison mise à votre disposition lors de votre arrivée. Sélène récupère ta besace avant de partir. Je vais vous faire porter des tenues plus adaptées au voyage qui nous attend.

Sélène sortit la première et avant qu'Elyas ne la suive, Aedan l'arrêta.

— Que ressentez-vous pour ma fille ?

Surpris par l'incongruité de la question, Elyas attendit quelques secondes avant de répondre. Il regarda Aedan droit dans les yeux pour lui montrer sa sincérité.

— Je suis amoureux d'elle.

Il fut lui-même étonné de déclarer à haute voix cette évidence, mais il assumait pleinement ses sentiments. Aedan ferma les yeux puis soupira.

— Je refuse de perdre Sélène une seconde fois, je ne veux pas qu'elle se mette en tête d'affronter Arthus seule. Promettez-moi de tout faire pour la protéger, pour qu'elle reste en vie.

— Je vous le promets, je donnerai ma vie pour elle.

Aedan mit sa main sur l'épaule du jeune homme pour lui signifier sa gratitude puis Elyas quitta à son tour la demeure. Le mage soupira et se dirigea vers l'arrière de sa maison. Il récupéra un coffret contenant plusieurs obsidiennes afin de pouvoir éveiller les hybrides si nécessaire. Il prépara ensuite son sac et se changea pour revêtir, une tenue plus adéquate pour le voyage qui les attendait.

Chapitre XV

Sélène arriva la première à la chaumière. Elle avait bien compris que son père souhaitait parler à l'hybride bien qu'elle ne se doutait pas du propos. Elle commença par défaire son paquetage pour faire le point sur ce qu'il contenait. Elle se débarrassa du reste des vivres perdus et renouvela l'eau de ses gourdes. Puis elle rangea ses vêtements propres, ses remèdes, la carte d'Opale et enroula la natte et la couverture qu'elle fixa au reste de son sac. Elle récupéra ses avant-bras contenant ses poignards et les disposa sur la table. Avisant la tenue déposée par un hybride juste avant qu'elle n'arrive à la chaumière, elle défit ses bottes et les posa à l'entrée. Elle examina l'ensemble de la chaumière qui était constituée d'une pièce principale servant de séjour et de cuisine ainsi que de deux autres pièces. Elle visita rapidement les lieux et découvrit une chambre ainsi qu'une pièce d'eau. Ravie, elle se rendit dans la salle où se trouvait un bassin creusé à même le sol. L'eau qui la remplissait avait été généreusement préparée par l'hybride venu déposer les vêtements.

Sélène se déshabilla puis s'immergea jusqu'au cou dans le bassin. Elle ferma les yeux et repoussa toutes idées négatives de son esprit. Elle fit le vide en elle afin de faire le point sur la suite de sa quête. Sélène savait que son père voudrait éviter qu'elle affronte Arthus seule, mais il était évident que bien que puissant, Aedan ne pouvait contrer l'archimage à cause de la nature hybride de leur ennemi. Elle devait trouver son point faible et s'en servir contre lui. Pourquoi vouait-il une haine si grande envers les hybrides alors qu'il en était un lui-même ? Pour le pouvoir ? Pour tous les dominer ? Il était parvenu au sommet en évinçant Aedan et en mentant à tout le monde sur son identité. Sélène repensa à Elyas et aux autres hybrides. Pourquoi faire des expérimentations sur eux alors qu'il savait très bien comment ils fonctionnaient ? À moins qu'il ne soit comme Elyas ? Qu'il ne puisse se transformer. Pourtant, il portait sa pierre de lune, ses dons devaient donc être éveillés…

Perdue dans ses réflexions, Sélène resta encore quelques instants dans l'eau puis sortit. Elle se drapa dans une serviette pour se sécher puis enfila sa tenue de voyage. Elle sourit en voyant la tenue de cuir qui l'attendait et pensa immédiatement à la première fois où elle avait rencontré Elyas. Cela lui paraissait si loin… Tout son monde venait de s'écrouler et il se tenait là, solide, loyal. Malgré son attitude revêche et son dédain, il avait toujours été là pour elle, secourue même. Et puis, ils avaient tant partagé. La nuit des loups avait été magnifique, elle était devenue femme entre ses bras. Elle avait aimé la tendresse derrière la force, la sensibilité derrière l'impassibilité. Elle aimait l'homme tout simplement et elle espérait qu'ils survivraient à la perversité de l'archimage pour construire leur avenir. Pourquoi pas ici d'ailleurs, bien qu'il faille agrandir la chaumière s'ils venaient à avoir des enfants… Sélène secoua la tête devant la futilité de ses préoccupations dans un contexte si critique. Elle finit de lacer son pourpoint puis entreprit de tresser ses cheveux depuis le haut de son crâne pour qu'aucune mèche ne vienne entraver sa vision. Elle observa sa marque. Elle ne souhaitait plus la cacher désormais. Fille de lune elle était, tout autant que mage.

Elyas était revenu à son tour et s'était déjà préparé en faisant ses ablutions dans la pièce principale à l'aide d'une carafe d'eau et de l'évier situé dans la cuisine. Il portait une tenue de cuir tout comme Sélène, un cuir noir qui lui convenait parfaitement. Il fixa son ceinturon, encocha son arbalète et ses carreaux sur le mécanisme qui les retenait dans son dos, puis il passa son glaive sur sa jambe gauche. Glissant ses poignards dans ses bottes, il releva la tête en voyant Sélène arrivée vers lui. Il la détailla et apprécia la silhouette de la jeune femme dans cette tenue. Le souvenir de leur étreinte lui revint et aux rougeurs qui réhaussaient le teint de la jeune femme, il devina qu'elle pensait à la même chose. Ils achevèrent de préparer leur sac en silence puis rejoignirent Aedan devant la chaumière.

Le mage s'était également changé et avait troqué ses robes de mage pour un pantalon plus confortable et adapté au voyage qui les attendait. Une chemise en lin retombait sur

189

celui-ci. En dessous se dissimulait une fine cotte de mailles qui couvrait tout le haut de son torse. Il termina d'agrafer sa cape sur ses épaules puis attrapa son sceptre qui reposait contre la façade de la chaumière.

— Nous pouvons y aller, j'ai prévenu les réfugiés qu'ils seraient en sécurité ici, ceux qui le souhaitent peuvent y faire venir leurs proches en attendant que la situation s'améliore. Nous garderons le contact grâce aux cristaux de la caverne.

— Est-ce prudent de retourner dans le désert sachant que les chasseurs d'Œil de tigre nous y attendent probablement ? demanda Sélène.

— Non ça ne l'est pas, répondit simplement le mage. C'est pour cela que nous n'emprunterons pas cette route.

— Mais je croyais qu'il n'y avait qu'un seul accès ? s'étonna la jeune femme.

— Hum, en théorie oui, mais pour mettre en place l'opération dont je vous ai parlé hier, il a fallu remédier à ce problème pour permettre aux hybrides de regagner Agate sans craindre d'être repéré par Arthus et l'orbe rouge. Nous avons donc créé une route de repli, ou plutôt un sentier, restons modestes ! se corrigea Aedan amusé.

— Et où conduit ce sentier ? demanda Elyas, circonspect.

— Il mène directement à la ville de Grenat. À partir de là, les hybrides peuvent rejoindre Agate en toute sécurité. Grenat étant naturellement protégée par les quatre frontières que forment les montagnes, la forêt, la mer et le désert. Nos opérations et déplacements restent discrets.

— Vous avez vraiment pensé à tout, apprécia Sélène.

Aedan hocha la tête puis il les invita à le suivre. Il les conduisit derrière le village où une sortie était aménagée dans les remparts, et surveillée par deux hybrides. Après les avoir chaleureusement salués, ils se dirigèrent tous les trois à l'extérieur du village. Ils longèrent les montagnes avant de rencontrer le fameux sentier décrit par Aedan. La forêt semblait impénétrable à première vue, pourtant le mage se dirigea vers deux arbres et actionna un étrange mécanisme qui leur ouvrit l'accès au chemin. Stupéfaits, Elyas et Sélène s'approchèrent pour observer le curieux mécanisme : une branche artificielle servait de déclencheur et grâce à un ingénieux système coulissant, les arbres s'ouvraient et se refermaient à la fin du sablier déclenché automatiquement lors de l'ouverture. Pour toute explication, Aedan leur sourit et déclara :

— À défaut d'avoir de la magie, nous avons toujours notre intelligence et nos connaissances. Les humains n'ont aucun don et pourtant ils construisent des maisons, des villes, des bijoux, des armes, nous avons beaucoup à apprendre d'eux !

Elyas et Sélène approuvèrent cette constatation puis ils entrèrent à leur tour dans la forêt.

Leur traversée fut aisée. Leurs ennemis ne connaissant pas cet accès, ils évoluèrent avec sérénité. Ils s'arrêtèrent pour prendre un peu de repos en fin de journée seulement, bien décidés à ne pas s'attarder malgré le charme de l'endroit.

Sélène trouvait cette région à son goût et ses rêves de famille lui revinrent en tête. Troublée, son regard s'arrêta sur Elyas qui la précédait de quelques pas. Elle fermait la marche tandis qu'Aedan était en tête. Elle se demandait si lui aussi envisageait un avenir avec elle ou s'il souhaitait retrouver sa liberté une fois Arthus vaincu. Elle pensa à sa mère, prisonnière de leur ennemi et frissonna malgré elle. Que pouvait-il bien lui infliger ? Elle comptait sur le fait qu'il convoitait son pouvoir pour maintenir Eilin en vie le temps qu'elle vienne à lui. Il lui était impossible d'imaginer arriver trop tard. Sélène accéléra le pas pour ne pas s'enfoncer dans la mélancolie. Il leur fallut trois jours de marche pour atteindre la sortie de la forêt.

Épuisés par le rythme soutenu de leur expédition, ils décidèrent malgré tout de poursuivre leurs efforts en rejoignant Grenat pour faire halte dans une auberge qu'Aedan connaissait bien. Ou plutôt dont il connaissait bien les propriétaires puisqu'ils étaient des hybrides rencontrés lors de leur passage dans les montagnes d'obsidienne. Sélène observa la ville qui s'étendait en contrebas. Elle admira la sérénité et le calme qui se dégageait de cette cité enclavée par la nature. Malgré les barrières naturelles qui rendaient son accession difficile, les habitants de Grenat n'avaient aucun mal à se ravitailler. Ils échangeaient beaucoup avec la ville d'Agate et leurs ressources variées leur permettaient de garder leurs réserves pleines, et ce peu importe les saisons. Son regard glissa sur les toits rouges des maisons, les colombages sur les façades, l'air parfumé par le vent marin. Plongeant dans ses souvenirs et remontant à l'époque où elle étudiait à l'Académie, elle avait appris les vertus des pierres.

Le grenat possédait pour propriété la capacité de renforcer la confiance en soi, de donner de la force à son porteur. C'était également la pierre de l'amitié et c'est cette spécificité qui lui conférait tant de pouvoir.

Ils descendirent vers les rues passantes de la ville, le soleil déclinait et malgré son envie de visiter les lieux, Sélène se refréna pour trouver dans un premier temps l'auberge indiquée par Aedan. Selon lui, elle se situait à l'abri des regards, dans une rue adjacente à l'allée principale de la ville. Moins passante, elle leur permettait de rester discrets. Son nom était « le berserker ». Elyas repéra finalement l'établissement après un quart d'heure de recherche. Soulagés et fourbus, ils se dirigèrent vers l'entrée dérobée de l'auberge. Il y avait peu de monde ce soir-là, et Sélène fut surprise de constater qu'il n'y avait ici que des humains et des hybrides. Les lieux étaient chaleureux, décorés sobrement, mais meublés avec soin. Les tables étaient faites en bois de chêne de même que les bancs. Le sol était pavé de pierres blanches, les murs lessivés et badigeonnés d'une peinture ocre. Un escalier conduisait à l'étage et aux chambres tandis que les aubergistes s'affairaient dans l'arrière-cuisine visible depuis la salle grâce à l'ouverture faîte au-dessus du bar. Une serveuse approcha et les installa. Sélène se dit qu'elle était bien distinguée pour n'être que serveuse dans une auberge. Elle avait des cheveux roux flamboyant relevés en chignon sur sa nuque, des yeux ambrés, une peau claire et des lèvres rosées. Sa robe de service lui seyait à merveille en mettant en valeur ses courbes sans pour autant nuire à son élégance. Aedan se pencha et lui glissa quelques mots à l'oreille. La serveuse fronça les sourcils puis un éclair de surprise passa dans son regard. Respectueusement, elle les salua et partit chercher leur commande. Intriguée, Sélène ne put s'empêcher de lui demander.

— Que lui as-tu dit ?

— Je lui ai demandé de nous réserver deux chambres pour la nuit, Elyas dormira dans la mienne, précisa-t-il en regardant l'hybride de biais.

— C'est tout ? s'étonna la jeune femme.

— Tout ce qu'il te faut savoir dans l'immédiat.

Sélène renfrognée, ne put insister, car déjà la serveuse revenait avec trois assiettes fumantes composées de viande rôtie à la broche, de pommes de terre sautées et de légumes. Elle revint ensuite avec trois chopes de cidre et du pain et les laissa savourer tranquillement ce festin. Après s'être nourris de manière frugale et en se rationnant ces derniers jours, Sélène et Elyas apprécièrent ce copieux repas. Ils mangèrent en silence. Aedan semblait heureux de se retrouver avec eux, dans ce lieu, cependant Sélène nota qu'il restait en permanence vigilant. Son regard scrutant le moindre espace de l'auberge. Il était d'ailleurs assis dos au mur de façon à observer les entrées et sorties de l'établissement. Ils terminèrent leur repas, puis la serveuse revint et leur apporta un bol de fruits rouges qu'ils dégustèrent avec plaisir. Les derniers clients qui ne résidaient pas à l'auberge quittèrent les lieux puis la femme rousse ferma l'établissement. Elle baissa les stores, éteignit les flambeaux pour adoucir la lumière puis retourna dans l'arrière-cuisine. Alors que Sélène se tournait vers Elyas pour lui demander ce qui se tramait, ce dernier lui fit signe de se retourner. Un homme sortait des cuisines et se dirigeait vers eux calmement. Aussi grand qu'Elyas, ses cheveux blonds ramassés en une queue-de-cheval sur sa nuque et sa tenue simple faisaient de lui un homme peu menaçant, mais Sélène ne se fia pas à ce que sa vue lui montrait. Il devait avoir l'âge d'Elyas ou un peu plus et lorsqu'il arriva à leur hauteur, Sélène distingua un œil vert et un œil bleu. Un hybride. Méfiant Elyas se rapprocha de Sélène. L'homme constata l'attitude du mercenaire et s'en amusa.

— Doucement jeune loup ! Je ne vais pas te voler ta compagne bien que je doive admettre qu'elle soit à mon goût…

Elyas se releva d'un bond et s'interposa entre l'homme et Sélène. Celle-ci s'énerva de cette façon de faire.

— Ne vous gênez pas pour moi surtout ! À votre goût ou non, je suis encore à même de choisir mes fréquentations. Quant à toi Elyas, je ne suis pas ton objet, tu n'as pas à être si possessif !

Le mercenaire blessé lui tourna le dos et se dirigea vers la sortie lorsque Aedan intervint :

— Lyam cesse donc de taquiner ma fille et son prétendant ! Nous devons parler de choses sérieuses !

— Oui, c'est vrai, veuillez m'excuser, mais c'était tellement tentant ! répondit l'hybride, les yeux brillants de malice.

Elyas revint s'asseoir sans pour autant s'approcher de Sélène, puis Aedan reprit :

— Je vous présente Lyam, mon contact à Grenat pour les affaires dont je vous ai parlé. Nous nous sommes rencontrés il y a quelque temps au refuge et malgré le caractère intrépide de ce jeune homme nous avons vite sympathisé ! expliqua Aedan. Néanmoins, malgré l'amitié entre Grenat et Agate, il préfère rester discret sur son implication à nos côtés tant que la situation reste tendue.

Sélène et Elyas approuvèrent d'un signe de tête. Aedan commença alors par expliquer ce qu'il s'était produit ces dernières semaines entre l'arrivée de sa fille, la cérémonie de Sélène et la prophétie déclenchée. Il évoqua succinctement leur arrivée au refuge et l'éveil de leur partie lupine, puis il partagea avec Lyam dont le regard était désormais concentré et impassible, les derniers agissements d'Arthus à Azurite et l'enlèvement d'Eilin par l'archimage. Serrant les poings, l'aubergiste le laissa terminer puis garda le silence quelques instants afin d'assimiler toutes ces informations avant de reprendre à son tour en regardant Sélène.

— Je vois que beaucoup de choses ont changé grâce à votre venue. Depuis des années, Arthus œuvre dans l'ombre. Lorsqu'il a déclaré ses véritables intentions au territoire d'Opale, nous n'y croyions pas au début. Puis une délégation de mages est arrivée pour connaître notre position. Ils comptaient repartir avec une famille d'hybride sur le point de rejoindre Agate, nous nous sommes interposés et leur avons laissé la vie sauve à condition que Grenat reste neutre dans ce conflit. Cependant, nous restons sur nos gardes, car

Arthus a beaucoup de contact et la délation est son arme de prédilection. Vous comptez vous rendre à Azurite, je suppose ?

— En effet, mais je souhaitais te prévenir afin que tu informes nos amis d'Agate de nous y rejoindre. Le temps qu'ils s'y rendent, nous aurons pu atteindre la ville et ce qu'il reste de la résistance sur place afin de mettre une stratégie en place.

Lyam hocha la tête et resta silencieux un moment. Le regard dans le vague, une question le taraudait.

— Aedan, tu comptes l'affronter de nouveau ?

— Oui. Grâce à Sélène j'ai pu récupérer ma magie, souligne-t-il en touchant son sceptre.

— Oui, et nous serons avec lui pour l'affronter cette fois ! intervint Sélène.

Aedan et Elyas échangèrent un rapide coup d'œil qui n'échappa pas à Lyam, mais il s'abstint de relever. Il sentait l'amour que les deux hommes portaient à cette jeune femme. Curieux, il l'observa. Elle était d'une beauté singulière avec ses yeux gris et ses cheveux noirs. Ses lèvres charnues et sa silhouette gracieuse la rendaient appétissante aux yeux de l'hybride. Mais au-delà des apparences, il sentait une puissance couver en elle. Elle était plus que ce qu'elle paraissait et loin de lui l'idée de se frotter directement à la jeune femme. Elle soutint son regard tandis qu'il la dévisageait. Pris en faute il sursauta, gêné, et revint à la conversation avec les deux hommes.

Après quelques heures où ils échangèrent leurs informations et firent plus amples connaissances pour Elyas et Lyam, Sélène s'excusa et demanda à aller dans sa chambre. Lyam acquiesça et interpella la serveuse qui était en réalité sa compagne. Celle-ci lui assena une tape sur la tête devant son manège face à Sélène, mais tous pouvaient percevoir l'amour et la complicité qui les unissaient tous deux. La serveuse nommée Elwyn conduisit la jeune femme à l'étage. Elle occupait la chambre au fond du couloir et celle adjacente était réservée pour Aedan et Elyas. Avant qu'elle ne la quitte, Sélène demanda à Elwyn :

— Ne le prenez pas mal, mais vous ne semblez pas d'ici.

— Oh, en réalité je suis originaire de la ville d'Ambre. J'ai rencontré Lyam par hasard alors qu'il venait commercer avec des marchands de la ville. Malheureusement pour lui, les hybrides commençaient à perdre en popularité à Ambre et il fut attaqué. Je n'ai jamais approuvé ces revendications raciales. Mage, humain ou hybride, cela n'a aucun sens pour moi. Peu importe notre nature, ce qui fait la valeur d'un être ce sont ses actes. J'ai soigné Lyam puis nous sommes tombés amoureux et des années après nous voici ici à tenir une auberge en attendant des jours meilleurs ! avoua-t-elle en riant.

— Vous avez eu beaucoup de courage, répondit avec sincérité Sélène. Puis-je vous demander si Lyam a été éveillé ?

— Oui, il est d'ailleurs l'alpha de sa meute. Étrangement les loups ne sont pas regardants sur les fréquentations de leurs congénères. Le fait que je sois humaine ne les dérange pas, ils m'acceptent comme je les accepte.

Admirative, la magicienne hocha la tête. Elwyn la salua puis redescendit au rez-de-chaussée. Seule avec elle-même, Sélène entra dans sa chambre et constata qu'elle était meublée avec goût à l'image de sa propriétaire. Une cheminée se trouvait dans l'angle de la chambre où trônait un lit à baldaquin au centre. Une coiffeuse et un bureau composaient le mobilier de la pièce. Sélène se déchaussa, quitta son balluchon, sa cape et ses armes puis elle défie sa tresse et brossa ses cheveux devant la coiffeuse. Elle se regarda un instant dans le miroir. Elle avait changé au plus profond d'elle-même depuis son départ de l'Académie et malgré l'équilibre tendu d'Opale, elle sentait qu'elle était enfin à sa place. Elle comptait affronter Arthus et libérer le continent de son joug. L'image de son père lui revint. Elle ne souhaitait pas qu'il rencontre l'archimage de peur de le perdre définitivement. Quant à Elyas, elle s'en voulait de l'avoir blessé devant Lyam et son père. Demain elle lui parlerait. Elle ne voulait pas se dire que les derniers mots qu'ils avaient échangés étaient ceux-là. Repoussant ses idées noires, elle inspira profondément et se dirigea vers son lit sur lequel elle s'effondra. Elle s'endormit à l'instant où sa tête toucha l'oreiller.

Chapitre XVI

Aedan, Elyas et Sélène s'éveillèrent à l'aube. D'un commun accord, ils regroupèrent leurs affaires, prirent une rapide collation et quittèrent l'auberge non sans avoir réglé la note auprès de Lyam et de son épouse. Ils ne s'attardèrent pas davantage à Grenat au grand dam de Sélène, mais elle se promit de revenir visiter la ville. En réalité, elle comptait faire un long voyage une fois sa mission accomplie. Elle rêvait de découvrir les cinq villes entourant Azurite et de choisir ensuite où elle s'établirait. Elyas et elle avaient désormais accès à leur magie et Aedan ouvrait la voie menant vers la capitale. Sélène profita de ce court moment de répit pour retenir Elyas en arrière afin de mettre les choses à plat entre eux.

— Je suis sincèrement désolée pour hier, je ne voulais pas te blesser.

— Non, tu avais raison. Tu ne m'appartiens pas, ma réaction était ridicule mais ne t'en fais pas j'ai bien compris le message, se contenta de répondre le mercenaire avant d'accélérer le pas pour revenir à la hauteur d'Aedan.

Désemparée, Sélène fixa l'homme qui l'ignorait obstinément. Alors c'était tout ? Leur idylle à peine entamée, s'achevait à la première mésentente ? Perdue, Sélène se mordit la lèvre puis décida de se concentrer sur leur objectif.

Ils poursuivirent leur route et atteignirent la capitale en fin de journée. Elyas partit en éclaireur laissant Aedan et Sélène se reposer à l'abri de la forêt afin de vérifier si la voie était libre.

— Par où commençons-nous ? demanda Sélène à son père qui se désaltérait.

— Je pense que nous devrions retrouver Alana, elle doit être encore dans le sanctuaire. Ainsi, nous pourrons savoir comment les choses ont évolué depuis notre dernier contact avant de passer à l'action.

Sélène hocha la tête avant de se murer à nouveau dans le silence. Aedan observa la jeune femme. Son amertume lui faisait mal et il tenta de lui faire retrouver le sourire.

— Tout sera bientôt fini, tu pourras vivre ta vie comme tu le souhaites, je te le promets.

La jeune femme releva la tête vers lui.

— Tu crois que je vais me contenter d'être spectatrice dans cet affrontement ? Que je vais simplement te conduire face à Arthus puis que je vais aller mener ma vie sans plus me préoccuper du sort des hybrides et des autres personnes persécutées par l'orbe rouge ? Si c'est le cas, tu ne me connais vraiment pas. J'irai jusqu'au bout pour arrêter jusqu'au dernier disciple de cette assemblée. J'arrêterai Arthus et je mettrai un terme à ses persécutions. Je veux qu'Opale redevienne la terre de liberté et d'équité qu'elle aurait toujours dû être.

Aedan resta interdit un instant ne s'attendant pas à une telle impulsivité venant de sa fille. Il ressentit alors une bouffée de fierté et de l'admiration envers ce petit bout de femme qui, du haut de ses vingt ans et malgré son peu de temps hors des murs de l'Académie avait déjà tant appris. Il lui sourit avec bienveillance avant de lui répondre.

— Tu es aussi impétueuse que ta mère. Soit. Nous affronterons Arthus ensemble, mais ne t'attends pas à ce que je te laisse agir sans m'assurer de ta protection. Je suis ton père et je compte bien tout faire pour t'éloigner de la menace.

— Je n'en attends pas moins de toi, répondit Sélène avec émotion, mais n'espère pas que je t'obéisse docilement, conclut-elle.

Aedan serra sa fille dans ses bras, le cœur gonflé de fierté puis ses yeux se voilèrent au souvenir d'Eilin. Sa bien-aimée… Vingt années s'étaient écoulées… Parviendrait-il à la sauver ? Et s'ils survivaient à l'affrontement, voudrait-elle encore de lui ? Il chassa ses idées pour ne pas se détourner de sa mission première puis observant Elyas qui revenait de son tour de ronde, il glissa à Sélène.

— Il tient énormément à toi.

Surprise, la jeune femme releva la tête et plongea ses yeux gris dans ceux de son père.

— Je ne sais pas ce qu'il ressent pour moi. Nous avons partagé tellement de choses ces dernières semaines, mais le contexte n'est pas favorable à la naissance d'une idylle…

— Que ressens-tu pour lui ?

— Je… Je ne me vois pas poursuivre mon chemin sans lui, avoua-t-elle finalement.

— Je suis certain qu'il en va de même pour lui, néanmoins il va falloir apprendre à mettre votre orgueil de côté pour vous écouter l'un et l'autre et vous comprendre.

Sélène hocha la tête, méditant sur ces paroles, puis ils s'écartèrent et ramassèrent leurs paquetages. Elyas les rejoignit et leur expliqua que les rues étaient gardées par des partisans de l'orbe rouge. Des humains, non des mages. Ces derniers étaient rassemblés dans l'Académie, surveillant les allées et venues par des miroirs magiques situés aux quatre coins des rues. Aedan décida de retourner tout de même vers la chaumière d'Eilin pour retrouver Alana au point de rendez-vous. Sélène ressentait un mauvais pressentiment. Inquiète, elle voulut avertir ses compagnons, mais ils la distancèrent rapidement. Levant les yeux vers le ciel, Sélène vit que le jour décroissant laissait peu à peu place à la lune.

Mais pas n'importe laquelle. La lune de sang. Cette nuit la mort viendrait.

Frissonnante, Sélène effleura son médaillon qui lui diffusa en réponse une onde de chaleur apaisante, puis elle rejoignit Aedan et Elyas. Ils arrivèrent à la tombée de la nuit au petit sentier menant à la chaumière d'Eilin. Le cœur d'Aedan se serra en reconnaissant ce lieu si familier qu'il avait construit pour sa famille. Il fut ébranlé en apercevant la masure en ruine qui se tenait en lieu et place de l'ancienne bâtisse qu'ils avaient occupée peu de temps avant l'enlèvement de Sélène et son exil dans le désert.

La jeune femme perçut sa peine et lui serra le bras en guise de soutien. Il se reprit. Il n'était plus l'heure de pleurer sur un passé qui lui avait été enlevé. Il devait secourir Eilin et mettre un terme à la folie d'Arthus. Alors qu'ils arrivaient au niveau de la maison, ils observèrent les alentours et ne virent rien de suspect. Un air de déjà-vu alarma Sélène tandis qu'ils contournaient la maison pour rejoindre le puits. Elyas nota que la nature était extrêmement silencieuse. Trop pour que cela soit normal. Aucun chant d'oiseaux ou de grillons, pas le moindre battement d'ailes ou de cris de rongeurs. Alors qu'Aedan arrivait au niveau du puits, Elyas retint Sélène par le bras et lui ordonna d'élever son bouclier. Sans se poser de questions, elle obéit puis suivit du regard ce qui avait alerté l'hybride. Ses sens de louve n'étaient pas aussi aiguisés que ceux du mercenaire, ainsi elle n'avait pas senti l'odeur. Le parfum âcre du sang et de la trahison. Horrifiée, elle se rendit compte qu'Aedan était trop avancé pour le prévenir. Elyas l'empêcha de crier lorsqu'elle vit avec horreur le drame qui se jouait sous leurs yeux.

Une dizaine de mages vêtus de robes et de capes rouges entouraient Arthus qui retenait une femme en faisant jouer une lame sous sa gorge. Sélène crut qu'il s'agissait d'Eilin, mais elle reconnut Alana dont les larmes glissaient sur ses joues. La même scène semblait se répéter à l'infini comme s'ils étaient prisonniers d'une boucle infernale. Seulement l'issue serait bien différente, se promit Sélène en serrant les poings. Une étrange fumée s'élevait de l'entrée du puits qui avait été détruit. Aedan s'avança calmement et fit face à son éternel adversaire. Les yeux de l'archimage se rétrécirent et un rictus déforma ses lèvres.

— Ainsi cette misérable disait vrai. Tu es toujours en vie ! Tel un cafard tu t'obstines à vouloir te mettre sur ma route !

— Bonjour, Arthy, c'est un plaisir de te revoir après tout ce temps, répondit Aedan en pesant chacun de ses mots.

Il avait senti Sélène élever son bouclier d'invisibilité et en fut soulagé. Il espérait que l'hybride tiendrait sa promesse et qu'il l'empêcherait d'intervenir dans la suite des événements. Aedan n'avait pas été tout à fait honnête avec sa fille. Il était un mage puissant, car son pouvoir résidait dans sa capacité à lire l'avenir. La déesse lui avait octroyé ce don pour l'aider à modifier ou à encourager le cours des événements. Il savait ce qui allait suivre. La seule chose qu'il ignorait, c'était la réaction de Sélène. Il n'avait jamais pu avoir de visions la concernant. Elle était à part, puissante c'était une certitude, peut-être même plus qu'Arthus et lui-même, mais il était hors de question qu'elle se mette en danger. Revenant à l'instant présent, Aedan vit qu'Arthus fulminait. Son principal point faible était la jalousie qui le dévorait envers Aedan.

— Tu es venu seul ? reprit l'archimage en scrutant les alentours.

— Je n'ai pas besoin de sbires pour me protéger de toi, répondit tranquillement Aedan.

Chacun de ses mots touchait leur cible. Arthus commençait à perdre patience. Cependant, il tenta de reprendre les choses en main.

— Tu as raison, à quoi bon s'entourer de personnes si elles te sont déloyales ? Regarde cette femme par exemple, elle nous a appris tout ce que nous voulions savoir tandis que nous torturions ses alliés sous ses yeux ! Elle pensait naïvement que nous les épargnerions, c'est mal nous connaître ne crois-tu pas ?

— Qu'as-tu fait Arthus ? s'enquit Aedan en tournant le regard vers l'entrée du puits.

— Nous les avons brûlés dans leur trou, ils étaient faits comme des rats ! s'exclama l'archimage triomphant devant le désarroi d'Aedan.

— Tu n'es qu'un lâche ! Tu l'as toujours été ! Tu manipules, tu mens, tu corromps, tu te sers des gens pour augmenter ton pouvoir, mais ton secret sera bientôt dévoilé !

L'archimage comprit le sous-entendu et redevint froid et

impassible. Il égorgea sans une once d'empathie la pauvre Alana, mortifiée d'avoir entendu les cris d'agonie des siens et d'avoir trahi Aedan. Ce dernier hurla et se précipita pour la prendre dans ses bras tandis qu'elle s'écrasait au sol. Il soulagea sa douleur pour apaiser ses tourments afin qu'elle passe de l'autre côté en paix. Alana ferma les yeux dans un dernier râle, étouffée par son propre sang. Sélène était choquée par ce qui se déroulait sous ses yeux. Elle s'effondra et Elyas la réceptionna dans ses bras. Dans un état second, elle entendit des bribes de la conversation qui se poursuivait à quelques mètres d'eux.

Aedan se releva et incinéra le corps d'Alana pour que son âme puisse poursuivre son chemin de l'autre côté. Arthus le laissa faire ne perdant pas une miette du spectacle.

— Ainsi, non seulement tu es en vie, mais en plus tu as retrouvé tes pouvoirs. Cette petite ingénue a finalement réussi sa mission, cracha-t-il. Cependant je note qu'elle est toujours aussi courageuse. Je suppose que tu es parmi nous Sélène ? Toujours à te cacher derrière les autres, d'abord ta mère, puis cet hybride et enfin ton père !

— Tais-toi Arthus ! intervint Aedan, c'est entre toi et moi ! Ça l'a toujours été.

— En effet, pour une fois nous sommes d'accord, mais permets-moi d'expliquer à ta fille ma version des faits. Je suis sûr qu'elle sera ravie d'en savoir plus sur ces prétendues âmes sœurs que sont ses parents ! Eh oui ma chère enfant ! Ton père ne t'a pas dit qu'Eilin était ma fiancée avant qu'il ne la détourne de moi ?

Stupéfaite, Sélène ne bougea pas. Sa tête tournait et son estomac menaçait de rendre son dernier repas tant elle était éprouvée par tout ceci. Elyas était raidi par l'effort de se contenir pour ne pas bondir sur le mage. Il avait promis. Mais il ne s'attendait pas à ressentir une telle envie de vengeance. Le loup noir grondait au fond de lui, désireux de planter ses crocs dans la gorge de l'archimage qui hantait leurs nuits depuis trop longtemps et de s'abreuver de son sang.

— Arthus, tu vas trop loin ! prévint Aedan. Eilin est ma femme, elle ne t'a jamais aimé.

— Peu importe le passé, aujourd'hui elle est mienne ! explosa Arthus.

Aedan accusa le coup. Cet immonde personnage avait-il osé poser ses mains sur elle ? N'y tenant plus, il se jeta sur l'archimage qui jubilait de son effet. Arthus avait anticipé l'attaque impulsive de son adversaire et éleva son bouclier repoussant Aedan avec une facilité déconcertante. Les disciples d'Arthus voulurent intervenir, mais il les stoppa d'un geste.

— Non pas encore, laissez-le-moi.

Il repoussa sa cape et sortit son artefact. Sélène eut froid dans le dos en apercevant le sceptre noir, taillé dans du bois d'if, le symbole de la mort, surmonté d'un orbe d'azurite. Son pouvoir se répandit autour d'eux en vagues ondoyantes, Sélène espéra que son bouclier tiendrait le coup, mais heureusement pour Elyas et elle, l'archimage ne se concentrait que sur Aedan. Ce dernier fit le vide dans son esprit et laissa sa magie s'amplifier pour se mesurer à celle de l'archimage. L'intensité de l'orbe de quartz grossissait à mesure que celle d'azurite de son adversaire s'amplifiait. Le duel commença alors, les sorts s'enchaînaient. Arthus tentait de détourner les attaques d'Aedan. Ce dernier surprit par leur intensité, se reprit rapidement et parvint à faire reculer le mage en puisant dans sa magie occulte. Ses yeux devinrent rouges et flamboyant, glaçant le sang de Sélène qui assistait impuissante, à la terrible bataille qui se déroulait sous leurs yeux. Une force au fond d'elle lui intimait de ne pas intervenir. Pas encore…

Le combat s'éternisa et Aedan commença à ressentir de l'épuisement. Il n'avait pas pratiqué la magie depuis vingt ans et Arthus n'était pas un adversaire loyal. Ce dernier lui lança une nouvelle attaque, mais voyant qu'Aedan résistait, il employa une autre stratégie. Il lança plusieurs éclairs d'énergie au hasard, manquant sciemment Aedan. Comprenant qu'il cherchait à atteindre Sélène, le mage s'interposa et reçu un arc d'énergie flamboyant qui le propulsa au sol. Se relevant avec difficulté, il vit Arthus approcher. Il eut l'impression de revivre l'affrontement du désert, mais il refusait de subir le même sort. Il devait protéger Sélène à n'importe quel prix. Il attrapa son sceptre et alors qu'Arthus s'apprêtait à lui asséner un coup fatal, il para le sort en donnant un grand coup de sceptre dans celui de l'archimage qui vola quelques mètres plus loin. Surprit Arthus recula d'un pas, la haine irradiait de tout son être. Il n'y avait aucune lumière en son âme. Aedan se releva puis s'apprêta à lancer un sort fatal à son ennemi lorsqu'il reçut plusieurs salves de magie qui le mirent à terre. Les sbires d'Arthus étaient intervenus, permettant à ce dernier de se reprendre. Il avança vers Aedan en rattrapant son sceptre. Incapable de se lever, le renégat l'empoigna par le col de sa chemise et lui enfonça son poignard dans le flanc.

— Je veux que tu meures, mais pas trop vite. Je veux te voir regarder ta femme souillée s'éteindre devant toi, je veux que tu m'implores d'épargner ta fille alors que je l'égorgerais avec délectation. Enfin je veux que tu assistes à l'apogée de mon règne lorsque je me serai emparé du médaillon de Sélène.

Vaincu Aedan ferma les yeux et sombra dans l'inconscience. Arthus, satisfait, relâcha le corps inconscient de son ennemi et fit signe à ses disciples de le porter.

— À toi de voir Sélène, laisseras-tu tes chers parents mourir ? lança Arthus avant de disparaître, accompagné de ses sbires.

Sélène sortit de sa torpeur et abaissa enfin son bouclier. Toujours agenouillée contre Elyas, elle tenta de remettre de l'ordre dans ses esprits. Son regard se leva vers la lune qui commençait son ascension vers le ciel en rougeoyant. Bientôt elle atteindrait son zénith. Presque un mois s'était écoulé depuis la cérémonie et elle savait déjà où se trouvaient ses parents. Tout finirait là où tout avait commencé. Dans la grande salle de l'Académie. Le lieu où Arthus avait voulu lui voler le médaillon. Le jour qu'il avait attendu et pour lequel il l'avait gardée en vie toutes ces années. Sélène sentit le calme se répandre en elle. Un calme froid, maîtrisé. Elyas se détacha d'elle et ils se relevèrent. Elle ne voulait plus être un pion du destin. Elle était libre, hybride, mage, fille de lune, peu importe le nom qu'on lui donnait. Elle était louve, mais n'appartenait à aucune meute. Elle était l'oméga.

— Je vais aller rejoindre mes parents, déclara-t-elle lentement.

— J'ai promis à ton père de te protéger, avoua Elyas.

— Je sais.

— Mais comment ? s'étonna l'hybride.

— Peu importe. Je ne t'oblige pas à m'accompagner. Tout peut s'arrêter ici, tu peux reprendre ta vie de mercenaire.

— C'est ce que tu veux ?

— Non, j'aimerais que tu restes à mes côtés, que nous mettions fin à ce règne de terreur ensemble et que tu me fasses visiter les villes d'Opale avant que nous nous établissions pour former notre famille.

Interdit, Elyas contempla Sélène. Quelque chose en elle s'était cassée et avait fissuré l'insouciance qu'elle avait au début de leur quête. Elle se tenait fièrement dressée devant lui, elle ne se cacherait plus désormais, elle irradiait de magie. Elle était magnifique.

Vaincu, il répondit :

212

— Je t'accompagnerai jusqu'au bout, peu importe l'issue, je ne te laisserai jamais.

Ils s'embrassèrent passionnément avec tout l'amour qu'ils éprouvaient l'un pour l'autre sans pouvoir se l'avouer encore réellement, avec également tout le désespoir d'un avenir incertain.

Chapitre XVII

Ils s'éclipsèrent directement à l'Académie et plus exactement à l'entrée de la grande salle. Le spectacle qui les attendait était macabre. Les murs circulaires de la pièce étaient drapés de rouge, des corps agonisants étaient enchaînés sur les colonnes, Sélène en releva mentalement six, puis son regard glissa vers le centre de la salle où les disciples de l'orbe rouge formaient un demi-cercle, ils étaient nombreux. Environ une trentaine. Si tous les mages présents à Azurite étaient ici, cela signifiait que les autres étaient restés à l'extérieur pour protéger l'accès à la grande salle. Sélène eut froid dans le dos. Le combat était clairement inégal. Elle repéra Arthus qui les attendait et les observait. À ses pieds, le corps d'Aedan se vidait de son sang. Il avait repris connaissance et ne quittait pas du regard un point fixe de l'autre côté du cercle des mages. Sélène suivit son regard et ses yeux s'agrandirent d'horreur. Sa mère était attachée sur un bûcher de bois vert, utilisé pour faire durer la combustion et l'agonie du supplicié. Eilin gardait le silence et regardait Aedan avec amour et regret.

Elyas et Sélène descendirent lentement les marches les conduisant à la grande salle, la jeune femme en tête. L'hybride restait en retrait bien qu'il ne quittait pas du regard sa compagne. La situation était clairement tendue pour ne pas dire désespérée. Pourtant, il sentait que sa place était là. Il dégaina ses poignards, prêt à les utiliser. La pierre d'obsidienne dissimulée sous sa chemise lui envoyait des ondes de magie. Il se laissa happer par ce flux qu'il n'avait jamais expérimenté puis il sentit ses perceptions davantage accrues qu'auparavant. Quelque chose l'interpella. Il observa les mages de l'orbe rouge et réalisa que certains ne possédaient pas la même aura que l'essentiel du groupe. Il resta impassible, Arthus ignorait encore qu'il n'était plus un hybride inachevé. Le secret de l'obsidienne résistait à l'archimage. Celui-ci brisa finalement le silence.

— Alors mes chers enfants, vous voici de retour ! Sélène, je te félicite de te montrer plus courageuse cette fois en te dévoilant enfin.

— Et vous vénérable archimage, commença Sélène d'une voix froide qu'Elyas ne lui connaissait pas. Comptez-vous vous dévoiler ce soir ?

L'archimage se leva et perdit son sourire. Un éclat cruel alluma son regard. Sélène voulait que tout Opale apprenne qu'Arthus n'était qu'un usurpateur. Pendant qu'elle détournait son attention en le provoquant, elle activa son médaillon pour interpeller Aedan. Comprenant le stratagème de sa fille, il puisa dans ses dernières forces pour éveiller l'orbe de son sceptre qui lui avait été retiré. Sélène sut que ce qui se passerait entre ses murs serait désormais connu de tous dans chacune des villes d'Opale grâce au contact établi entre elles par les pierres de quartz, qui heureusement pour elle, se trouvaient dans chaque ville du continent.

— Je veux comprendre, continua-t-elle, pourquoi tant d'années passées à persécuter les hybrides ?

— Après tout, pourquoi ne pas bavarder un peu, je ne refuserai pas à une condamnée à mort son dernier vœu. Tu as étudié ici les vingt dernières années, tu as dû remarquer le nombre décroissant d'élus rejoignant nos rangs. La faute repose entièrement sur les unions contre nature donnant naissance à des monstres comme l'homme qui se cache derrière toi !

— Voyons Arthus, ne vous cachez pas derrière cette rengaine ! Pour une fois dites la vérité ! s'exclama Sélène. Dites-leur à vos chers disciples que vous n'êtes pas celui que vous prétendez être ! Et pour cause vous n'êtes pas un mage de sang pur !

Cette révélation claqua dans l'air. Les disciples restèrent impassibles, tandis qu'Arthus eut un sourire mauvais.

— Ainsi tu es moins sotte que je ne le pensais !

— Pourquoi avez-vous persécuté les hybrides alors que vous en êtes un vous aussi ? rebondit Sélène.

— Mais pour le pouvoir bien sûr ! Grâce à ce chien qui te suit partout, j'ai pu apprendre tellement de choses sur ces créatures ! En lui arrachant quelques lambeaux de peau, en le fouettant, en le privant d'eau, de nourriture, de lumière, on peut transformer le plus fidèle de ces animaux en chien assoiffé de sang et de chair humaine ! Tu serais surprise de connaître le régime alimentaire, disons particulier, de ces charmantes créatures lorsqu'elles sont affamées depuis des semaines ! lui glissa-t-il avec amusement.

Sélène serra les poings et se retint de tomber dans le piège de l'archimage malgré la colère qui s'éveillait en elle et menaçait d'embraser la salle. Elyas se contenait difficilement, revivant les tortures infligées et les conséquences qui s'en étaient suivies.

— Tu as raison, je suis en effet un hybride, mais contrairement à ces vulgaires canidés, personne ne peut me soumettre. Je suis l'archimage. Je suis l'alpha de toutes les meutes !

Sélène resta quelques instants, interdite. Comme elle gardait le silence, Arthus ajouta pour finir de la convaincre.

— Tu veux une preuve ? En voici plusieurs. Chacun des hybrides que j'ai torturés se soumettait volontairement à moi et à mes ordres, des pères ont égorgé leur fils malgré les supplications de leur mère, puis ils se sont donné la mort ne supportant pas leurs actes. D'autres sont devenus tellement sauvages qu'ils sont incapables de reprendre forme humaine. Enfin, s'il te faut une preuve évidente que ce ne sont pas des êtres dotés de raison, observe plutôt ton compagnon !

Sélène se raidit et se tourna vers Elyas, celui-ci tentait de lutter contre l'influence de l'archimage qui s'insinuait dans son esprit pour prendre le contrôle de sa conscience. De la sueur perlait sur son front, il lutta autant qu'il le put, mais la puissance de l'archimage le dépassait. Il tomba à genoux et hurla, puis ses yeux devinrent entièrement noirs. Toute lumière s'éteignit dans son regard. Sélène recula en le voyant approcher. Elle le sonda pour chercher à entrer en contact avec lui, mais se heurta à la présence de l'archimage.

— Comme je te le disais, chaque hybride est sous mes ordres, qu'il le veuille ou non.

— Je vous plains sincèrement, déclara froidement Sélène en lui faisant face à nouveau.

Elle n'était plus qu'à quelques pas de son ennemi.

— Pourquoi dis-tu ça ? s'énerva ce dernier.

— Vous haïssez ce que vous êtes. Vous persécutez un peuple qui est le vôtre alors que vous auriez pu au contraire exploiter ces différences pour développer le progrès à Opale ! Si vous n'aviez pas détruit le gisement de pierre de lune, les hybrides auraient pu être éveillé et accéder à leur magie afin de rejoindre les rangs de l'Académie ! Mais vous prônez un sang pur en souillant vous-même vos belles théories ! Vous tuez pour le plaisir, pour l'appât du pouvoir et tout ça pour quoi ? Pour régner sur un royaume à feu et à sang ?

Arthus gifla Sélène. Le geste surprit toute l'assemblée. Une réaction plus humaine que jamais pour celui qui se voulait devenir une divinité.

— Ravale ton poison, n'essaie pas de retourner les choses à ton avantage, ma patience a des limites ! Regarde autour de toi, tu es seule face à moi et mon royaume, penses-tu pouvoir rivaliser ? La lune est rouge ce soir, même la déesse bénit mon sacre ! Cette nuit j'éteindrai la race des hybrides et seuls les mages et les humains subsisteront. Ces derniers seront nos esclaves et les unions mixtes seront sanctionnées par la peine de mort ! J'enverrai mes troupes armées détruire la ville d'Agate et celle de Grenat si elle refuse de se soumettre ! À présent, ton temps est écoulé, donne-moi ton médaillon !

— Pourquoi ne pas m'avoir tuée avant ? Pourquoi avoir attendu aujourd'hui ?

— Enfin une question pertinente ! Savais-tu qu'Aedan avait le pouvoir de lire l'avenir ? Non ? Hum, je vois que la franchise n'est toujours pas son point fort ! Peu importe, lorsque nous étions jeunes, il m'a révélé une étrange prophétie qu'il ne comprenait pas. Elle mentionnait l'arrivée d'une enfant, une hybride femme qui recevrait le pouvoir de la lune. Il n'y a eu que deux hybrides femmes jusqu'à présent : la mère d'Elyas que j'ai savamment torturée avant d'enlever son fils la laissant plus morte que vive dans le désert, ce qui fut une perte de temps étant donné son incapacité et son impuissance à se transformer en loup et toi, ma fille.

Sélène se figea de stupeur ! Qu'est-ce qu'il venait de dire ? Son regard glissa sur Aedan qui était aussi surpris qu'elle, quand elle entendit le cri d'Eilin :

— Non ! Arthus, tu n'es qu'un monstre ! Sélène, tu n'es pas sa fille, tu m'entends ! Par la déesse, je te promets que ton père est Aedan !

— Silence chienne ! cracha l'archimage avec hargne. Tu n'as jamais eu le courage d'avouer à Aedan que tu m'aimais et que tu t'étais donnée à moi !

— Tu mens ! Tu m'as violé ! riposta Eilin désespérée.

Secoué par cette révélation, Aedan sortit de ses gonds. Malgré sa blessure, il tendit le bras et appela son sceptre qui revint à lui. Coupant la connexion de quartz, il se dégagea de la prise de deux des sbires d'Arthus en les envoyant contre le mur derrière eux puis il se jeta sur l'archimage. Celui-ci, déséquilibré, tomba en arrière. De colère il projeta Aedan avec une facilité déconcertante contre le mur et enserra sa gorge d'un anneau de feu.

— Assez ! Tu vas mourir et me rendre ma vie, cher frère ! Tu lis l'avenir mais as-tu une seconde, réalisé qui j'étais pour toi ? T'es-tu seulement douté que notre mère était une chienne comme ta femme et qu'elle avait un amant ? Un humain ! Lorsque je suis né hybride, elle m'a abandonné auprès de cet homme qui m'a torturé des années durant pendant que tu te prélassais dans de beaux draps soyeux. La vie t'a toujours été douce, il fallait que tu me prennes tout ce que j'avais !

— Tu es fou ! murmura Aedan, atterré par ces révélations.

— Peut-être, mais je serai bientôt le souverain de tout Opale et toi tu seras mort, assena froidement l'archimage.

Il attrapa son poignard et s'apprêta à égorger Aedan lorsqu'un filet de magie retint son bras. Surpris, il se retourna en desserrant légèrement sa prise sur Aedan. Sélène était campée face à lui, elle irradiait de magie et avait tissé une toile qui emprisonnait l'archimage. De colère, celui-ci tourna son attention sur Elyas dont il avait toujours le contrôle, il lui ordonna mentalement d'allumer le bûcher d'Eilin. Sélène maintenait sa prise paralysant l'archimage. Profitant de ce gain de temps, Aedan puisa dans sa magie pour cautériser sa plaie en attendant de recevoir de meilleurs soins puis il se dégagea de la prise d'Arthus. Il se positionna face à l'archimage, le prenant ainsi en tenaille entre Sélène et lui. Un nouveau cri retentit et la jeune femme se détourna du renégat. Avec horreur, elle vit le feu grandir et lécher la peau de sa mère. Elyas tenait le flambeau avec lequel il venait d'embraser le bûcher.

— Sélène sauve ta mère, je m'occupe de lui ! cria Aedan.

Après une fraction de seconde d'hésitation, Sélène relâcha sa prise et courut rejoindre Eilin. Malheureusement, les sbires d'Arthus entrèrent à leur tour dans la bataille et formèrent un rempart entre elle et sa mère. Impuissante, elle la regardait souffrir de la chaleur et de la fumée qui l'étouffait. Le bois se consumait lentement et intoxiquait l'air le rendant irrespirable. Elle se tourna alors vers Elyas et cria :

— Elyas je t'en prie, reviens parmi nous !

Ce dernier perçut sa voix et à travers elle, sa détresse, mais il ne parvenait pas à se défaire de l'emprise de l'archimage. Il assistait impuissant aux actes qu'il commettait. Sélène insista essayant de gagner du temps en élevant son bouclier pour se protéger des mages rouges.

— Elyas ! Fais appel à ton loup ! Tu n'es plus inachevé, le pouvoir qu'Arthus avait sur toi n'est plus aussi opaque qu'autrefois !

L'écoutant attentivement, l'hybride suivit son conseil et chercha dans les méandres de son esprit le lien le menant à son loup. Tout n'était qu'obscurité en lui, il se débattait pour retrouver le faisceau de magie le reliant à son autre moitié. Il s'agenouilla et laissa tomber le flambeau. Il poussa un hurlement et tenta de reprendre le contrôle de lui-même.

Soulagée de le voir enfin réagir, Sélène, se concentra sur ses ennemis qui s'élancèrent contre elle, elle riposta à chacun de leurs éclairs, mais ils étaient trop nombreux et la mettaient en difficulté. Inexpérimentée, elle combattait avec instinct là où les autres mages étaient férus de duels magiques. Elle réussit à en assommer deux, mais dix autres s'approchaient d'elle et l'acculèrent contre un mur. Alors qu'elle se pensait perdue, une ombre passa au-dessus d'eux et s'écrasa devant elle. L'un des mages rouges dont Elyas avait perçu l'aura différente, se dressa devant elle. Inquiète, Sélène le vit retirer sa capuche et découvrit avec surprise qu'il s'agissait en fait de Lyam.

— Comment est-ce possible ? Que faites-vous ici ? s'écria la jeune femme incrédule.

— Pas maintenant milady ! Retrouvez Elyas et brisez l'emprise d'Arthus sur les autres loups, je m'occupe de ceux-là !

— Non, je ne vous laisserai pas seul face à eux !

— Je ne suis pas seul !

Quatre autres silhouettes encapuchonnées se dévoilèrent et révélèrent des hybrides. Tous portaient une obsidienne signe que leur magie avait été éveillée. Rassérénée, Sélène s'extirpa tant bien que mal de ce piège, tandis que Lyam et les quatre autres hybrides se jetaient à corps perdu dans la mêlée. Les attaques magiques pleuvaient au même titre que les coups à mains nues ou à l'arme blanche s'échangeaient. Sélène se précipita vers le bûcher et tenta de faire revenir Elyas à lui-même. Elle prit son visage dans ses mains et le força à tourner son regard vide vers elle.

— Elyas reviens-moi ! J'ai besoin de toi, je t'en prie. Tu m'as promis de ne pas me laisser tomber, tu es plus fort que lui !

Elyas l'entendait et hurlait intérieurement, mais ne parvenait pas à retrouver son chemin dans les ténèbres. Un énième cri d'Eilin qui perdit connaissance arracha Sélène des bras du mercenaire. Elle observa la situation. Elyas était emmuré en lui-même, luttant contre un ennemi invisible, des hybrides en infériorité numérique luttaient avec bravoure contre des mages puissants. L'un d'eux sonna alors l'alarme pour attirer le reste des leurs ici et reprendre le contrôle de la situation. Levant les yeux vers le centre de la salle, elle vit que la lune rouge atteignait son zénith au-dessus de l'ouverture creusée à même le plafond. Arthus avait de nouveau le dessus sur Aedan. Tout semblait perdu. Alors Sélène comprit qu'il était temps pour elle d'agir, de laisser tomber ses dernières réserves, ses derniers doutes qui l'empêchaient d'accéder à sa magie pleine et entière. Elle fit le vide dans son esprit, annihilant toutes les révélations précédentes, tout ce qui n'avait pas d'importance vitale à ce moment précis. Elle se tourna vers le bûcher et se jeta dans les flammes.

Le mercenaire hurla intérieurement et l'emprise maléfique se fissura, il aperçut enfin son lien avec son loup et le suivit pour ne faire qu'un avec celui-ci. Lorsqu'il reprit connaissance, il était sous forme de loup. Il poussa un long hurlement déchirant la nuit, se répercutant sur les murs de la grande salle et se diffusant sous le regard de la lune aux territoires avoisinants. Il se servit de la marque que l'archimage avait laissée sur lui pour remonter le lien qui l'asservissait et se saisir du contrôle des meutes.

Surpris, le renégat sentit sa domination sur les hybrides lui échapper. En poussant son hurlement, Elyas brisa les dernières traces de magie d'Arthus et libéra les loups de son emprise. Ces derniers choisirent de leur plein gré de le rejoindre et lièrent leur chant au sien. Alors que Lyam et les siens étaient en mauvaise posture, les murs de la grande salle volèrent en éclat et des dizaines de loups émergèrent des ténèbres. Leurs yeux rougeoyants reflétaient leur haine envers les mages. Elyas se tourna alors vers Arthus qui se rapprochait des siens. L'affrontement final était venu. Il allait payer pour ses actes, pour ses tortures, ses mensonges, les vies qu'il avait pris, pour Eilin et pour Sélène. Le cœur brisé, le loup noir poussa un nouveau hurlement et se dirigea vers Arthus. Aedan le rejoignit ainsi que Lyam et les hybrides éveillés qui conservaient leur forme humaine. Les deux camps se faisaient face.

Chapitre XVIII

Lorsque Sélène plongea dans les flammes, son médaillon s'illumina et l'entoura d'un bouclier protecteur, elle s'écrasa de tout son poids sur Eilin, brisant le bois contre lequel sa mère était attachée. Elles se renversèrent en arrière et sous l'impulsion de la magicienne, tombèrent de l'autre côté du bûcher. Celui-ci n'était plus qu'un gigantesque feu qui leur permettait de ne pas être vues par leurs ennemis. Sélène éloigna sa mère vers un recoin de la pièce. Le tremblement des murs la surprit et elle vit une partie de la grande salle s'effondrer sur elle-même. Elle se pencha au-dessus d'Eilin pour la protéger des chutes de pierres et attendit que le vacarme s'arrête. Par chance, le mur contre lequel elles s'étaient réfugiées tint le choc, mais une ouverture sur l'extérieur avait été créée à la suite de l'effondrement d'un pan seulement de la paroi. L'air frais entra dans la grande salle qui n'était plus que l'ombre d'elle-même. Dissimulée derrière une colonne, elle entreprit de sonder sa mère. Elle respirait encore, mais était sérieusement éprouvée. Sélène utilisa la magie des pierres pour soigner les brûlures les plus préoccupantes. Elle se défit de sa cape et en couvrit Eilin puis elle l'embrassa sur le front. Il était temps pour elle de rejoindre le champ de bataille.

De son côté Elyas reprit forme humaine et fit face à l'archimage. Stupéfait, celui-ci perdit de sa superbe en observant l'hybride.

— C'est impossible, commença-t-il. Comment as-tu pu te transformer ? Tu n'étais qu'un échec, une expérience ratée ! fulmina-t-il de rage.

— Ton ignorance n'a d'égale que ton orgueil, assena froidement Elyas. Oui j'étais un être inachevé, mais grâce à Sélène et à Aedan, je suis à présent entier.

— Tes pouvoirs sont éveillés… compris Arthus. Mais comment, j'ai détruit toutes les pierres de lune !

— En effet, intervint Aedan, mais il en existe une autre capable d'éveiller la magie des hybrides.

Les yeux de l'archimage se rétrécirent tandis qu'il observait son ennemi. Il réfléchit puis il comprit.

— L'obsidienne… murmura-t-il.

— Ton excès d'orgueil te sera fatal, reprit Aedan.

— Peu importe, éveillés ou non, ils sont impuissants face à nous ! riposta l'archimage.

Ses disciples se joignirent à lui. Ils formèrent une chaîne en se prenant la main tandis que les deux mages situés de chaque côté d'Arthus posèrent une main sur ses épaules. Ainsi relié au cercle, il renversa la tête en arrière et puisa dans la magie de ses disciples lui offrant ainsi un réservoir illimité de pouvoirs.

Au même moment, profitant de cet instant de répit, Aedan sortit de sa cape le coffret contenant les pierres d'obsidienne et les fit circuler à chacun des hybrides qu'ils soient sous forme humaine ou lupine. Tour à tour, ils s'en saisirent et leur magie s'éveilla. Alors qu'Arthus revenait à lui et s'apprêtait à lancer un sort mortel à ses ennemis, Elyas entonna le chant des loups. Chacun des hybrides reprit ce chant et un bouclier protecteur, infranchissable, s'éleva. La magie de l'archimage s'écrasa contre l'onde bleutée des hybrides. Arthus ne relâcha pas pour autant sa prise, il tint bon. Ce serait un combat d'endurance, mais il gagnerait !

L'archimage perçut enfin une faille dans la barrière des hybrides. Aedan. Bien que protégée par l'orbe, celle-ci était moins opaque à son niveau. Arthus en profita et cibla le mage en lui envoyant une salve d'arceaux électriques qui s'écrasèrent lourdement sur le bouclier le faisant vaciller. Aedan cerna le plan d'Arthus et voulut quitter l'orbe protecteur pour ne pas condamner la meute entière. Mais Elyas le retint par le bras. Ils l'affronteraient ensemble. Le bouclier vola en éclat et les sbires d'Arthus fondirent sur eux. L'affrontement commença. L'archimage n'avait plus besoin de contact direct avec ses disciples, ils lui avaient fait don d'une part importante de leur magie augmentant considérablement sa puissance sans pour autant affaiblir significativement la leur afin qu'ils puissent anéantir les hybrides. Pour la première fois, ceux-ci expérimentaient leurs dons. Malgré leur manque d'expérience, leur amertume et leur colère, d'avoir été ainsi persécuté durant ces deux décennies les rendaient vindicatifs. Les combattants étaient de puissance égale, la seule distinction était leur chef. Celui qui prendrait l'ascendant remporterait la victoire.

Elyas et Aedan firent face à Arthus. Ce dernier eut un sourire mauvais.

— Voyez-vous ça, mon frère s'alliant à un hybride contre moi !

— Arthus ! Tu peux encore tout arrêter. Je n'étais pas au courant de ce lien entre nous bien que je me sois toujours senti proche de toi. Il est encore temps de pardonner, protesta Aedan.

— Quel doux rêveur tu es Aedan ! J'ai violé ta femme, poussé ta fille au suicide, torturé et tué des centaines de personnes et tu veux me… Pardonner ?

— Non, seulement détourner ton attention, assena Aedan tandis qu'Elyas lançait sa première attaque contre l'archimage.

Celui-ci reçut son poignard dans la jambe. Hurlant de rage plus que de douleur, il le retira et d'un revers de main, envoya le mercenaire s'écraser contre le mur entre les corps qui agonisaient dans l'ignorance totale. Enfin pas tout à fait. Elyas se releva tant bien que mal et passa la main derrière son crâne. Il était blessé, mais pouvait toujours combattre. Il déchira un pan de sa chemise qu'il utilisa comme bandage de fortune lorsqu'un détail retint son attention. Sur les six corps enchaînés au mur à leur arrivée, seulement les deux qui l'entouraient y étaient encore. Une main s'écrasant sur sa bouche le fit taire tandis qu'il se tournait pour faire face à son agresseur. Son cœur s'arrêta lorsqu'il vit Sélène. Incapable de se contenir, il la serra dans ses bras à l'en étouffer.

— Oui bon ce n'est pas le moment, je suis heureuse de te retrouver aussi, mais aide-moi plutôt à libérer ces pauvres hères avant de retourner dans la bataille.

— Ne me refais plus jamais ça ! gronda-t-il en tenant son visage près du sien.

— Promis, mais ne me laisse plus jamais, riposta-t-elle.

Il hocha la tête puis lui prêta main-forte pour libérer les corps de leurs entraves. Comme les quatre autres, Sélène fut soulagée de voir qu'ils étaient en vie. Il s'agissait de six hybrides torturés par Arthus pour alimenter son pouvoir, se nourrissant de leur souffrance afin de se préparer à la confrontation de ce soir. Sélène et Elyas les réunirent à l'abri tous les six puis après un rapide soin chacun pour refermer les plaies les plus graves pouvant entraîner leur mort, ils s'apprêtèrent à repartir lorsque le bras décharné de l'un d'eux retint Elyas en arrière.

— Elyas, c'est bien toi ? murmura-t-il à bout de forces.

— Oui c'est mon nom, brave homme, ne t'en fais pas nous te ramènerons auprès des tiens une fois que tout sera terminé.

— Elyas, je… Je me nomme Albion, je… Célimène ta mère…

Interdit, Elyas observa l'homme en haillon devant lui. Sous le sang et la saleté, il était difficile de discerner ses traits alors il ferma les yeux pour le sonder avec son loup. Il découvrit un loup gris, fatigué, blessé, mais venant à sa rencontre. Ils se sentirent, s'observèrent puis il reconnut celui qui lui avait donné la vie. Son père. Des larmes roulèrent sur ses joues. Il ouvrit les yeux et serra la main de l'homme.

— Nous aurons tout le temps pour cela après. D'abord, je dois mettre un terme à cette guerre ! promit Elyas.

Albion hocha la tête et se laissa retomber au sol. Eilin qui avait repris conscience s'approcha des six malheureux et tenta de poursuivre le travail de Sélène en tirant les corps inconscients à l'extérieur du bâtiment pour les éloigner des combats.

La lune rougeoyait encore dans le ciel, elle allait bientôt amorcer son mouvement descendant. Il était temps pour Arthus d'accélérer les choses. Il avança vers Aedan et un duel à mort s'engagea entre les deux mages rivaux. Simultanément, leurs sortilèges se rencontraient, s'opposaient. Aedan réveilla sa magie du feu contre Arthus qui lui opposa l'élément de l'eau. À armes égales ils s'affrontaient. Lorsque Aedan parvint à faire voler le sceptre de son ennemi dans les airs, celui-ci darda son regard brûlant de haine sur lui. Il s'apprêtait à rappeler son artefact à lui, mais Sélène s'interposa. Elle se saisit du sceptre de l'archimage et le brisa. Une onde de pouvoir traversa la grande salle et secoua toutes les personnes présentes. La magie noire contenue dans l'orbe se déversa et s'évapora. Arthus fulminait.

— Tu crois avoir gagné ? Pauvre sotte !

Arthus poussa un cri de rage qui figea tous les hybrides. Sous les yeux horrifiés de Sélène, Aedan et Elyas qui revenaient vers eux, ils assistèrent à la transformation de l'archimage. Sa peau se déchira, ses muscles se brisèrent et se ressoudèrent dans des angles étranges. Enfin ils virent son vrai visage. Un loup-garou. Au fil de ses expériences, Arthus avait appris à canaliser sa magie afin de réunir les deux sources de pouvoir en une seule et même enveloppe. Son visage mi-homme, mi-loup était glaçant. Des oreilles de loups, deux yeux rouges, un museau, un torse et des jambes d'homme, une queue de loup le tout surmonté d'une fourrure noire. Il faisait deux fois sa taille humaine.

Le silence régnait dans la grande salle. Même les disciples d'Arthus ne savaient plus comment réagir. Ce dernier s'ébroua pour se remettre de sa transformation puis il fonça droit sur Sélène et la colla au mur en la soulevant de toute sa hauteur. Incapable, de se défaire de la poigne de ce titan, Sélène sentit les griffes de l'archimage s'enfoncer dans sa gorge. Elyas reprit sa forme de loup et attaqua l'archimage. Il bondit dans son dos de façon à l'attraper au cou. Arthus ne lâcha pas Sélène et tenta de déloger l'importun à l'aide de son bras libre. Aedan essaya à son tour de leur venir en aide, mais Arthus réussit à se dégager d'Elyas et projeta le grand loup noir sur le mage. L'archimage se tourna vers ses disciples et leur intima l'ordre d'exterminer les hybrides pendant qu'il se chargeait des trois autres. Malgré leur stupéfaction en découvrant le vrai visage du renégat, ils reprirent le combat avec vigueur. Ils avaient prêté serment, malgré ses secrets, l'archimage restait à leurs yeux celui envoyé par la déesse lunaire pour purger Opale de la dépravation.

Satisfait, Arthus se concentra de nouveau sur sa proie. Sélène commençait à perdre connaissance entre le manque d'oxygène et le sang qui s'échappait de sa blessure. L'archimage approcha son museau de son visage puis il se recula et attrapa l'artefact de Sélène entre ses griffes. Aedan et Elyas se relevèrent pour lui venir en aide, mais deux disciples d'Arthus s'interposèrent laissant le champ libre à leur maître. Sélène était seule face à son destin. Face à la gueule béante de ce monstre avide de pouvoir, insatiable de sang. Alors qu'il s'apprêtait à lui arracher son médaillon en guise de représailles, Sélène plongea son regard dans le sien. La marque sur son front s'illumina et alors seulement Arthus remarqua le changement de celle-ci. Le médaillon de Sélène s'illumina éblouissant toutes les personnes présentes dans la grande salle. Arthus se protégea les yeux de son bras libre et lorsqu'il la regarda de nouveau son sang se glaça. Pour la première fois de sa vie, il ressentit de la peur. Lui, l'archimage invaincu depuis des décennies, tremblait face à son adversaire. Devant lui ne se tenait plus une pauvre jeune fille perdue, insignifiante. Sélène irradiait de magie par tous les pores de sa peau, elle attrapa la main qui enserrait sa gorge et sans effort, elle la retira tout en restant en lévitation pour faire face à son adversaire. Elle entra en parfaite symbiose avec sa part animale et son aura pris la forme d'une louve blanche autour d'elle.

— Arthus, déclara Sélène d'une voix que personne ne lui connaissait. Tu as trahi ton serment auprès de la grande Déesse, tu as perverti Opale et ses enfants en les divisant et en te servant de leur peur pour instaurer une ère d'insécurité, de délation, de violence, de trahison et de perversion. Contemple le vrai pouvoir de la déesse qui s'exprime ce soir à travers moi. Je suis la gardienne d'Opale, représentante de l'union des humains et des mages, la réconciliation entre les élus et les hybrides. Je suis l'alliance là où tu ne fus que scission. Ton règne tyrannique s'achève avec ta vie. La lune ce soir est rouge de ton sang…

Tétanisé devant cette transformation proche de la divinité, Arthus vit la jeune femme fondre sur lui en même temps que la louve spectrale. L'une arracha le cœur de l'archimage tandis que l'autre lui planta ses crocs dans sa chair, l'égorgeant avec rapidité. Ce faisant, elles venaient de tuer et le loup et le mage. Le corps de l'archimage s'effondra en arrière et le choc résonna dans ce qu'il restait de la grande salle. Les deux camps avaient cessé leurs affrontements, pétrifiés par le spectacle donné à travers la confrontation entre Sélène et l'archimage. Les disciples d'Arthus gardaient les yeux rivés sur le corps de leur maître peinant à réaliser qu'il était mort. Sélène se tourna alors vers eux toujours en lévitation, ses cheveux ondoyaient autour de son visage la rendant insaisissable. Les hybrides s'agenouillèrent devant elle et furent imités par Elyas et Aedan. Elle était l'incarnation de la déesse sur terre.

— Vous, disciples d'Arthus vous vous êtes parjurés, vous avez renié votre serment auprès de moi, bafoué les valeurs revendiquées par les fondateurs d'Opale. Je vous laisse choisir votre sort, rendez-vous et vous serez dépossédés de votre magie pour ne plus nuire à qui que ce soit avant de partir en quête de rédemption, ou mettez un terme à votre existence en ce jour funeste.

Sur la trentaine de mages présents, cinq d'entre eux se donnèrent la mort. Les autres retirèrent leur cape, dévoilant leur visage. Beaucoup de jeunes élus de la génération de Sélène qui avaient été embrigadés sous l'égide d'Arthus, voyant en lui le représentant de la déesse, se révélèrent. Reconnaissant leur erreur, ils s'agenouillèrent et déposèrent tour à tour leurs artefacts. Sélène leva les bras et détruisit ces derniers, ôtant par la même occasion la magie des élus. Aedan se releva alors et fit signe à Lyam et à ses troupes d'organiser l'évacuation de la grande salle des mages repentis. L'aubergiste hocha la tête puis après un salut respectueux envers Sélène, il organisa la gestion des anciens mages et assigna une partie des hybrides au regroupement des corps tombés durant la bataille. D'un côté les mages et de l'autre les alliés afin de rendre à chacun les hommages qui leur était dû et de rapporter leurs corps à leurs familles notamment pour les hybrides.

Alors que la salle se vidait peu à peu de ses occupants, le médaillon de Sélène perdit de son intensité tandis que la lune déclinait pour laisser place à l'astre solaire. La jeune femme ferma les yeux, épuisée et se laissa tomber au sol. Elyas la rattrapa avec douceur et l'éloigna du corps d'Arthus que personne n'avait osé déplacer. Aedan les rejoignit et Sélène l'étreignit à son tour en se remettant debout malgré ses blessures. Constatant que sa plaie saignait toujours, Aedan apposa sa main sur la gorge de sa fille et pansa sa blessure. Un cri retentit derrière eux et il se retourna juste à temps pour réceptionner Eilin qui se lovait enfin dans ses bras. Après une étreinte méritée, elle se dégagea et embrassa sa fille et Elyas par la même occasion. Sélène se sentie enfin à sa place. Malgré l'horreur de leur situation, elle était apaisée, complète. Son regard se porta alors sur le cadavre d'Arthus gisant à quelques mètres d'eux. Elle se dégagea et s'approcha lentement de son corps.

Cette créature n'était ni mage, ni hybride, mais le résultat d'une haine et d'une avidité qui avait perverti l'homme qu'il aurait dû être. Tremblante, Sélène détourna les yeux de l'être pathétique qui avait laissé tant de douleurs dans son sillage, puis elle incendia son cadavre. Elyas la rejoignit et l'éloigna du bûcher.

— Viens, murmura-t-il doucement, il n'y a plus rien pour nous ici.

Alors qu'ils sortaient de ce qu'il restait de la grande salle de l'Académie et après s'être assuré que personne d'autre ne restait dans l'édifice, Sélène effectua une dernière action. Son médaillon s'illumina de nouveau et elle leva la main vers le ciel qui s'obscurcissait progressivement. Un éclair vint frapper le sommet de l'Académie qui s'embrasa, consumant ce lieu qui devait être le siège du savoir, de la connaissance, de l'équité et de la justice, mais dont les idéaux avaient été pervertis. Les choses devaient changer, allaient changer. Le monde de demain apprendrait des erreurs du passé. Tous contemplèrent le brasier, qu'ils soient mages repentis, hybrides blessés ou encore les dernières victimes d'Arthus qu'Eilin avait réussi à sortir de la grande salle. Aedan tenait sa femme dans ses bras et restait à côté d'Elyas et de Sélène. Celle-ci sombra dans l'inconscience, épuisée par tous ces événements et cette magie qui avaient fini par avoir raison d'elle.

Chapitre XIX

Cher journal, je viens de fêter mes dix ans. Pour l'occasion, mon père ne m'a frappé qu'une fois aujourd'hui, en guise de présent. Alors que la nuit tombe, je suis remonté dans le grenier qui me sert de chambre pour te confier mes peines. C'est une gentille dame qui m'a donné ce carnet ce matin alors que je me rendais au marché. Je n'avais jamais vu une femme aussi belle avec ses longs cheveux auburn et ses yeux verts. Et très douce aussi. Elle m'a aidé à me relever après ma chute. Je devais porter la récolte du jour au marchand et ramener la bourse à père ensuite. Mais j'ai trébuché et je me suis fait mal au genou. La dame est alors arrivée et elle m'a guéri en posant sa main sur moi. Je n'avais jamais vu de magie à l'œuvre avant aujourd'hui...

Je lui ai expliqué que c'était mon anniversaire et elle m'a offert ce beau carnet. Je ne l'ai pas dit à père, il n'aime pas que je parle aux inconnus. De voir cette dame si gentille, ça m'a rendu triste. Je n'ai pas de maman. Père dit qu'elle m'a rejeté lorsque je suis né et qu'il s'est donc chargé de m'élever. Je ne sais pas ce que j'ai fait de mal pour qu'elle ne veuille pas de moi…

❧✦☙

Cher journal, plusieurs semaines se sont écoulées avant que je ne trouve le temps de t'écrire. Père m'a annoncé une grande nouvelle : nous quittons le village ! Nous partons d'Agate pour nous rendre à Azurite, la capitale. Il dit que nous trouverons du travail là-bas et peut-être même que je pourrai aller à l'école ! J'aimerais tellement… Je dois l'aider aux champs pour terminer les préparatifs du voyage, j'ai déjà hâte d'y être !

❧✦☙

Cher journal, aujourd'hui il s'est passé quelque chose d'incroyable. En retournant la terre, j'ai trouvé une drôle de pierre. En la ramassant, j'ai vu que ce n'était pas un simple caillou, mais une pierre de lune d'après ce que m'a dit le paysan travaillant avec moi ! Il m'a indiqué que c'était un grand trésor et que je devrais le conserver à l'abri des regards indiscrets. Je l'ai caché dans ma poche contre mon corps et cette nuit il s'est produit quelque chose d'incroyable ! Je me suis transformé en loup ! Ma fourrure était noire ! Je ne comprends pas ce qui m'arrive, mais je ne me sens plus seul maintenant que je sais qu'il est là pour veiller sur moi. Je vais le montrer à père, je suis certain que cela lui fera plaisir !

⁕

Cher journal, j'ai douze ans à présent. Je ne t'ai pas écrit depuis longtemps. Depuis ma première transformation pour être exact. Père n'a pas du tout apprécié ce qu'il a vu en réalité. Il m'a frappé encore et encore, avec une telle force qu'il m'a brisé les doigts avec son bâton. Je ne pouvais plus écrire ni travailler. Nous n'en avons pas reparlé tout de suite et nous sommes partis comme prévu à Azurite. Nous nous sommes installés dans le centre du bourg près d'un grand bâtiment que l'on appelle l'Académie. C'est un lieu où les mages vont apprendre à développer leur pouvoir. Savais-tu que les humains n'avaient pas le droit d'aller à l'école ? Je l'ignorai et j'étais triste en l'apprenant. Enfin au début. L'année dernière, Père m'a révélé la vérité sur ma naissance. La raison pour laquelle ma mère m'a abandonné c'est que je suis un monstre ! Il dit qu'il est tombé amoureux d'une noble dame, une magicienne, mais qu'elle était promise à un autre. Une sorte de mariage arrangé par ses parents. Je n'ai pas trop compris, mais elle était amoureuse de mon père et ils se sont enfuis. Quand je suis né et qu'elle a vu ce que j'étais, elle a eu très peur. Elle lui a dit qu'ils avaient commis une erreur, qu'elle n'aurait jamais dû quitter sa famille et que la grande déesse l'avait punie en lui envoyant un monstre à la place de son bébé...

Voilà donc ce que je suis, un monstre...

Cher journal, je commence à en avoir assez que mon père me torture et m'humilie chaque jour. Je suis fatigué d'avoir mal. Aujourd'hui j'ai rencontré un garçon, il va avoir onze ans et il est très gentil avec moi. Il m'a demandé si je voulais être son ami. Je n'ai jamais eu d'ami, je ne sais pas ce qu'on doit faire quand on est ami ni si j'ai le droit d'en avoir un. Est-ce qu'un monstre peut avoir un ami ?

Cher journal, j'ai enfin treize ans, dans un an je pourrai quitter la maison de mon père et partir vivre ma vie librement. Aedan est venu me chercher et il m'a invité chez lui pour le dîner. Mon père étant à la taverne, il n'a même pas vu que je n'étais pas rentré. Si tu voyais comme Aedan a de la chance ! Son père est un mage qui enseigne à l'Académie, ils ont une belle demeure et il a une vraie chambre avec une bibliothèque ! Il est vraiment gentil avec moi, lui aussi n'a pas de maman. Il m'a dit qu'elle était morte en lui donnant la vie. Cela nous rapproche. J'ai envie de lui dire mon secret... Après tout, il est un mage et il entrera

242

bientôt à l'Académie, peut-être pourrait-il me dire ce que je suis ?

Cher journal, beaucoup de choses ont changé ces derniers mois. J'ai dit à Aedan ce que j'étais, il ne m'a pas cru au début alors je lui ai montré. J'ai craint qu'il me rejette, mais au contraire, il s'est mis à feuilleter tous ses livres pour trouver une explication. Apparemment, je serai un hybride. Dans son livre d'Histoire, ils disent qu'il y a trois espèces à Opale : les mages, les humains et les hybrides qui naissent des unions mixtes. Je lui ai confirmé que mon père était humain et ma mère mage. Les hybrides ne sont pas très bien considérés dans la société, pourtant je ne comprends pas j'ai des pouvoirs comme les mages et en plus je peux me transformer en loup ce qu'Aedan ne peut pas faire. Les hybrides sont sans doute plus puissants que les mages, c'est peut-être pour cela qu'ils ne les aiment pas ? Nous allons continuer nos recherches pour en savoir plus. Peut-être même que je pourrais aller à l'Académie moi aussi ?

Cher journal, aujourd'hui j'ai quatorze ans. Quatorze années de mensonge et de coups. Mon père a découvert mon amitié avec Aedan et il est devenu fou.

243

Lorsque je suis rentré, il te tenait dans ses mains. J'ai voulu lui expliquer, mais il m'a attrapé par le cou et il a essayé de m'étrangler. Il m'a dit des choses affreuses, que je n'étais qu'un monstre, qu'Aedan se moquait de moi, qu'il connaissait bien son père puisque c'était lui le fiancé de ma mère ! Cela veut dire que nous sommes demi-frères ! Mon père a essayé de me brûler dans le feu de la cheminée pour faire disparaître la tache de naissance que j'ai sur l'épaule, mais cette fois je n'ai pas voulu me laisser faire. Je me suis défendu et il est tombé en arrière sur le rebord de la table. Il est mort sur le coup. Je suis resté là, à le regarder sans savoir quoi faire. Je ne ressentais plus rien à part un trou béant dans ma poitrine. Je suis allé chercher Aedan en lui expliquant qu'il était tombé à cause de l'alcool. Il m'a cru et son père est ensuite venu faire le nécessaire. Je suis orphelin désormais. Je n'ai pas réussi à dire la vérité à Aedan. Cependant, son père a vu que je portais une marque sur l'épaule et il m'a demandé si j'avais des dons. Nous lui avons tout avoué avec Aedan et il m'a fait passer des tests. Pour lui, c'est extraordinaire, il semble que je sois le seul hybride capable de maîtriser la magie comme les mages ! Je vais donc entrer à l'Académie avec Aedan ! La mort de mon père ne m'attriste pas tant que ça, il ne m'a jamais aimé, il n'était qu'un misérable humain alcoolique et faible. Je mérite mieux, comme Aedan...

Le premier semestre à l'Académie touche à sa fin, personne ne sait que je suis un hybride, le père d'Aedan m'a dit de ne pas divulguer ce secret, il a même appliqué un sort de silence sur son fils pour que cela ne lui échappe pas par erreur. Je me sens bien ici, je suis comme les autres. Nous n'avons pas beaucoup de temps pour parler hormis lors des fêtes de solstice ou pendant le jour de repos, mais cela me convient. La solitude me permet de travailler davantage, la bibliothèque regorge de trésors, je dévore chaque ouvrage avec plaisir. Il y a tant à apprendre, le cycle de la grande déesse lunaire, les propriétés de chaque pierre, l'histoire d'Opale, les différents peuples et les villes qui s'y trouvent, J'ai envie de devenir le mage le plus puissant de l'Académie et pourquoi pas un jour : archimage...

Demain, c'est le grand jour. Six années ont passé. Aedan et moi sommes désormais davantage rivaux qu'amis, il supporte mal le fait que je l'ai battu lors d'un duel. Nous sommes les deux mages les plus puissants de l'école sur notre classe de vingt élèves. Demain sera le jour de la cérémonie où nous recevrons enfin notre artefact qui débridera nos pouvoirs et on nous attribuera notre place dans la société. Nous pourrons également voyager à travers Opale et ne serons plus simplement cantonnés aux murs de l'Académie. J'ai envie de revenir à Agate voir si je trouve d'autres pierres de lune... Demain s'achèveront ces années d'études où j'ai tant donné. Demain sera mon jour...

Désormais je suis reconnu par mes pairs comme un mage à part entière ! Le père d'Aedan est mort peu de temps après la cérémonie emportant avec lui notre secret. Seul Aedan pourrait me trahir, mais le sort de silence l'en empêche. Le jour de la cérémonie, nous avons reçu chacun un sceptre, le sien en bois de chêne surmonté d'un orbe de quartz et le mien en bois d'if surmonté d'une pierre d'azurite. La lune nous a assigné une mission pour la protection d'Opale. Nous allons pouvoir faire nos preuves à travers nos quêtes et à notre retour sera désigné l'archimage de l'Académie…

Cela fait plusieurs mois que je suis sur les routes. J'ai découvert Œil de tigre et ses guerriers nommés les « chasseurs ». De redoutables forces de la nature aussi bien mages, qu'humains, tous maîtrisent le maniement des armes et la stratégie militaire. Puis, je me suis rendu à Ambre où j'ai découvert des trésors d'orfèvrerie et d'armement. Là encore, beaucoup de mages et d'humains, mais peu d'hybrides. Ces derniers sont relégués au ban de la société, considérés comme des êtres nuisibles. En ce moment je suis dans la ville de Jade où je me plonge avec bonheur dans l'immense bibliothèque de la ville. Un lieu de savoir inépuisable, je ne comprends pas pourquoi ce n'est pas cette

cité notre capitale tant elle est riche de connaissance. Le savoir est pouvoir.

⚜

Cher journal, il s'est produit un événement extraordinaire. Je suis rentré à Azurite après un an sur les routes et j'ai fait la connaissance d'une jeune femme magnifique. Rousse aux yeux verts, le teint rosé, la silhouette gracieuse et avenante. Nous avons beaucoup parlé ensemble. Son seul défaut est qu'elle est humaine, mais je crois que pour elle je serai prêt à lui pardonner cette faiblesse. Elle est si belle…

⚜

Encore une fois, il faut qu'Aedan me prenne tout ce que j'ai. Non seulement il a eu l'amour de ma mère, même brièvement, c'est tout ce que je n'aurai jamais eu, puis il a eu une vie facile, confortable, aisée. Il n'a jamais dû lutter pour survivre. Et voilà qu'aujourd'hui alors que j'avais trouvé l'amour, il me le prend à nouveau ! Eilin s'est détournée de moi depuis qu'elle a rencontré Aedan. Je pensais qu'elle m'aimait, mais elle m'a trahie pour ce fourbe ! Peu importe, demain nous saurons enfin lequel de nous deux sera nommé archimage. Qu'il garde Eilin, je me contenterai du pouvoir et je l'écraserai. Mon père avait

247

raison, personne ne peut aimer quelqu'un comme moi.

Je le hais ! C'est injuste ! Aedan a été nommé archimage ! Ce traître à son sang qui batifole avec une humaine en connaissant les risques d'une union mixte ! Une théorie se répand de plus en plus dans l'Académie, selon laquelle les unions mixtes pervertiraient la magie ce qui expliquerait la diminution chaque année du nombre d'élus. Aedan est au courant et non seulement il compte épouser Eilin, mais en plus il m'a volé mon titre d'archimage ! Lui qui n'a jamais travaillé autant que moi se contentant de se reposer sur ses acquis ! Il dit que je serai son bras droit, son second... Son second ? Je ne serai l'ombre de personne...

Aedan va épouser Eilin c'est officiel. Je suis allé lui parler, notre histoire ne pouvait pas finir comme ça, je ne m'étais peut-être pas assez battu pour elle, trop occupé que j'étais à étudier pour devenir archimage. À présent qu'Aedan avait le titre, je voulais la récupérer, elle. Qu'elle me choisisse moi et non lui. Mais elle a refusé et m'a giflé en me traitant de monstre. Je suis devenu fou. De jalousie, de désir, de frustration, je l'ai prise de force et elle a fini par se donner à moi. Aedan va épouser une menteuse, elle portera toujours en elle ce secret et leur union sera morte avant d'avoir été sacrée.

Je vais être père ! Aedan, cet idiot croit que l'enfant que porte Eilin est le sien ! Elle ne lui a pas dit que j'étais le premier… Il faut que je me reprenne et que je récupère ce qui m'appartient. Mon enfant et mon titre d'archimage. Plusieurs anciens camarades me suivent aveuglément et partagent mes convictions concernant les hybrides et les unions mixtes. Les humains ne sont bons qu'à être nos esclaves et les hybrides doivent être exterminés. J'éloignerai Aedan et je lui prendrai tout ce qu'il m'a volé. Il verra ce que ça fait d'être rejeté par tous et de se retrouver seul dans un monde hostile.

Je vais être père ! Aedan, cet idiot croit que l'enfant que porte Eilin est le sien ! Elle ne lui a pas dit que j'étais le premier… Il faut que je me reprenne et que je récupère ce qui m'appartient. Mon enfant et mon titre d'archimage. Plusieurs anciens camarades me suivent aveuglément et partagent mes convictions concernant les hybrides et les unions mixtes. Les humains ne sont bons qu'à être nos esclaves et les hybrides doivent être exterminés. J'éloignerai Aedan et je lui prendrai tout ce qu'il m'a volé. Il verra ce que ça fait d'être rejeté par tous et de se retrouver seul dans un monde hostile.

J'ai réussi. J'y suis enfin parvenu ! La place qui me revient de droit est enfin mienne. Je suis l'archimage ! Grâce à mes camarades, nous avons réussi à faire passer Aedan pour un traître à la déesse en dévoilant son union contre nature. Je l'ai menacé de tuer son enfant et cet idiot a préféré me céder son titre d'archimage en me faisant promettre de *l'épargner ! S'il savait ce qui l'attendait ! Nous l'avons exilé et je l'ai laissé pour mort dans le désert en le privant de sa magie à défaut de son cœur que je ne suis pas parvenu à arracher. À mon retour, je suis allé voir Eilin et j'ai pris l'enfant. Mon enfant ! Une fille, une hybride portant la marque de la lune comme les autres élus. Il fallait que j'en sache davantage sur ce phénomène... J'ai décidé de l'épargner et de la laisser grandir au sein de l'Académie. En tant qu'archimage, j'ai instauré de nouvelles règles. Un rituel d'oubli sur les élus est effectué afin qu'ils ignorent leur identité en entrant ici. Ils ne s'en souviendront que le jour de la cérémonie. En attendant qu'elle grandisse, je vais poursuivre mes recherches sur les hybrides...*

Chapitre XX

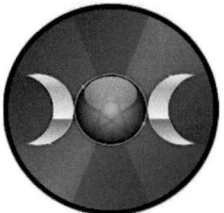

Sélène reposa les feuillets de parchemin sur son bureau à côté d'une pile de carnets rouges recensant les expériences d'Arthus sur les hybrides ces vingt dernières années. Comment de simples cobayes, les hybrides étaient devenus les victimes d'un tortionnaire machiavélique ? Des croquis représentaient les différentes transformations des hybrides et les recherches d'Arthus pour atteindre une forme de métamorphose supérieure en étant à la fois physiquement homme et loup. Son âme avait fusionné avec celle de son loup brisé pour donner naissance à la créature qu'ils avaient affrontée. Il avait découvert que seuls les loups noirs étaient en mesure de devenir des alphas. Et pour cause, la fourrure noire était la plus rare avec la blanche.

Sélène se laissa choir sur le dossier de son fauteuil. Un an s'était écoulé depuis la mort de l'archimage et la destruction de l'Académie. Beaucoup de choses avaient changé à commencer par l'organisation même de la capitale. Azurite n'était plus dirigée par un seul homme, mais par une assemblée collégiale de neuf personnes représentant les trois espèces d'Opale. Trois humains, trois mages et trois hybrides. Ainsi l'équité et l'égalité étaient davantage respectées et chacun avait son mot à dire dans la vie de la cité. Peu à peu ce mode de gouvernement se diffusa dans les autres villes qui, après avoir découvert le vrai visage d'Arthus, s'étaient plongées dans un mutisme lié au choc de ses révélations. À la suite de la surprise de s'être ainsi laissé berner et détourner des véritables desseins de la déesse lunaire, il leur avait fallu du temps pour admettre leurs erreurs et commencer à établir des textes écrits donnant une véritable place légale aux hybrides dans chaque ville. Grenat et Agate devinrent les fers de lance de la tolérance et de la justice. Ils proposèrent aux trois autres villes avec l'accord d'Azurite de diversifier leurs activités permettant ainsi à chaque espèce de prouver sa valeur et son utilité dans chaque cité.

Les chasseurs d'Œil de tigre se dispersèrent et formèrent des bataillons mixtes dans chaque fief. Les artistes d'Ambre partagèrent leur savoir-faire ancestral et leurs ressources minières. Jade désemplit sa bibliothèque en lançant la création d'espace culturel dans chacune des autres villes avec leur collaboration. Sur l'initiative de Sélène et d'Azurite dont elle était l'une des représentantes avec Aedan, Albus, Eilin, Elyas, Elwyn, Lyam et Albion, des écoles furent également créés et ouvertes à tous les enfants peu importe leur nature. Les pierres d'obsidienne étaient désormais acheminées grâce aux chasseurs d'Œil de tigre par le désert et permettaient d'éveiller les dons des hybrides qui en émettaient le souhait. La seule directive était d'atteindre les douze ans de l'enfant afin qu'il ait acquis un peu plus de maturité et d'expérience pour choisir sa voie.

Les enseignements de la déesse n'étaient ainsi plus uniquement réservés aux mages, mais accessibles à l'ensemble des individus d'Opale. Après la chute d'Arthus, ses disciples suivirent un programme de réinsertion, mais la plupart d'entre eux sombrèrent dans la folie. Ils avaient été aveuglés par le charisme d'Arthus et pensaient réellement agir pour le bien d'Opale. Ils furent installés dans un centre de soins en province où ils finiraient leur jour sans causer d'autres souffrances à quiconque. Un registre des disparus et des victimes fut enfin établi grâce aux investigations menées dans les ruines de l'Académie où ils avaient notamment mis la main sur les carnets de l'archimage lui-même. Ainsi les familles purent faire leur deuil et les victimes auparavant anonymes reçurent un hommage funéraire décent. Tous avaient l'impression de s'éveiller après un long cauchemar. Les hybrides qui avaient été tant brimés injustement gardaient une attitude méfiante et il fallut attendre la génération suivante pour qu'ils se mêlent enfin aux autres cités au-delà d'Agate et de Grenat. Azurite restait profondément marquée par les événements sinistres qui s'y étaient déroulés. Cependant, grâce aux efforts du conseil, peu à peu les voyageurs revinrent et les échanges recommencèrent. La nature reprenait ses droits sur l'ancienne place où s'élevait l'Académie et comme un signe annonciateur de paix, un gisement de pierre de lune y fut découvert. La ville changea de nom et fut rebaptisée Lunarite, pour exorciser définitivement les sombres années qui s'y étaient écoulées.

Sélène observait pensivement la pile de carnets devant elle, derniers vestiges de l'époque d'Arthus. Elle eut de la peine pour cet enfant rejeté dès sa naissance, pour ses souffrances. En revanche, elle n'eut aucune compassion pour l'homme qu'il était devenu. Lui qui s'était toujours considéré comme un monstre dans le regard des autres, en était finalement devenu un. Sélène secoua la tête, le seul élément qu'elle retirait de ces mémoires, sur lequel elle pouvait s'appuyer pour améliorer les choses, fut le fait que l'école n'était accessible qu'aux mages autrefois et était déjà le facteur inconscient d'un malaise dans leur société qui a fini par produire le monstre qu'était Arthus.

Quand Aedan prit connaissance de ce témoignage, il garda longtemps le silence. Lui qui avait vécu si proche du renégat, qui l'avait aimé comme un frère sans connaître le lien malheureux qui les unissait. Il était meurtri au plus profond de lui et cette blessure ne se referma jamais totalement. Un sentiment de gâchis lui restait et la culpabilité le rongeait. Il revint auprès d'Eilin et ensemble ils s'établirent dans une nouvelle propriété au centre de Lunarite. Eilin leur avait finalement expliqué l'agression dont elle avait été la victime malheureuse, mais elle put leur certifier à tous qu'Aedan était bien le père de Sélène puisqu'elle était enceinte de quelques semaines déjà lors de l'agression. C'était d'ailleurs l'une des raisons pour laquelle son union avec Aedan se faisait aussi rapidement. Il n'était pas convenable pour une femme d'avoir un enfant avant la célébration de son union. Ainsi contrairement à ce qu'il croyait, Arthus n'avait été ni le premier amant d'Eilin, ni le père de Sélène.

Eilin avait malheureusement appris la fin tragique de sa sœur Alana. Contrairement à ce que pensait Arthus, tous les membres du groupe de résistants n'étaient pas morts dans l'incendie. Grâce à Albus, ils avaient pu prendre la fuite par un souterrain dont il était le seul à avoir connaissance du fait des trente décennies d'avance qu'il avait sur l'archimage. Glenn et Angus, les deux colosses avaient également pu s'en sortir et ils avaient décidé de devenir les émissaires d'Azurite, devenue Lunarite, auprès des autres villes.

Elyas, par un heureux hasard, retrouva son père parmi les dernières victimes d'Arthus. En vie malgré de graves blessures, il s'en remit avec le temps grâce aux soins de son fils et de leurs amis. Le fait que ses dons soient éveillés contribua à sa guérison totale. Néanmoins, malgré le bonheur qu'il éprouvait d'avoir retrouvé son fils, il eut la tristesse d'apprendre le trépas de son épouse Célimène qui n'avait pas survécu au sévices de l'archimage. Il passa beaucoup de temps auprès de son fils qui apprit enfin d'où il venait, qu'il n'avait pas été rejeté pour ce qu'il était, mais bien désiré et aimé. Il put également récupérer un médaillon contenant l'effigie de sa mère qu'il conserva précieusement.

Les carnets ayant révélé les derniers secrets de l'archimage, Sélène se leva et d'un geste les embrasa. Elle contempla le feu se répandre et engloutir les derniers vestiges de cette ère de destruction. Elle porta la main à son médaillon qui réagit à son contact. Un léger coup se fit entendre derrière elle. La porte s'ouvrit sur Eilin, radieuse dans sa longue robe verte aux manches évasées qui découvraient ses épaules et laissaient apercevoir sa peau laiteuse. Elle s'approcha de sa fille et jeta un rapide coup d'œil au brasier qui finissait de se consumer sur le bureau. Lançant un regard réprobateur à sa fille, elle la gronda.

— Fallait-il vraiment faire ça aujourd'hui ?

— Oui, mère. C'est justement parce qu'on est aujourd'hui qu'il fallait le faire.

— Viens plutôt par ici, soupira Eilin en l'accompagnant vers le miroir de la pièce.

Sélène observa son reflet. Ses cheveux étaient détachés et retombaient en boucles soyeuses sur ses épaules. Un diadème en argent était posé sur le haut de sa tête et des bijoux redescendaient délicatement dans ses cheveux. Ses yeux gris étincelaient, sa bouche rehaussée par un pigment rouge était une invitation au baiser. Elle observa sa tenue. Elle avait refusé la robe blanche qui lui rappelait le jour de sa confirmation. À la place, sa mère lui avait tissé une magnifique robe bleu azur à manches longues et fines, des voilages blancs et bleus retombaient délicatement dans son dos. Le bustier était finement piqueté de dentelle mettant en valeur ses épaules et son cou dénudés. La robe longue était évasée, permettant au léger renflement formé par le ventre de Sélène de s'y épanouir sans y être comprimé.

Émue, Eilin ne put s'empêcher de laisser échapper un sanglot. Sélène se retourna et regarda sa mère avec tendresse.

— Ne me dis pas que tu vas encore pleurer !

— J'aimerais t'y voir quand cet enfant que tu portes te

demandera de l'accompagner à voler de ses propres ailes ! À peine t'ai-je retrouvée que tu pars vivre avec ton fiancé, plaisanta Eilin en essuyant ses larmes avec un carré de tissu.

Sélène posa tendrement sa main sur son ventre. Quatre mois déjà qu'une petite vie croissait en elle. Quatre mois qu'Elyas avait enfin décidé de se lancer en la demandant en mariage ! Aedan lui avait fait la morale sur le fait qu'ils avaient agi à l'envers dans leur relation, mais Elyas l'avait remis gentiment à sa place en lui rappelant qu'il n'avait pas fait mieux avec Eilin... Les deux hommes restaient malgré tout très proches et complices. Apprendre la venue prochaine de cet enfant ne fut pas chose aisée pour le jeune couple. Du fait de leur propre nature, ils étaient très inquiets sur ce que leur union donnerait. La puissance de Sélène était toujours présente depuis la nuit où elle avait été reconnue comme étant l'incarnation de la déesse lunaire sur terre aussi tous la respectaient et craignaient son courroux. Elyas quant à lui, se demandait surtout si l'enfant qui viendrait au monde tiendrait davantage de sa mère ou de lui-même. Ils avaient décidé de s'établir dans les monts d'obsidienne après la naissance. Ils avaient envie de s'isoler un peu des affaires politiques et sociales du continent, de savourer les moments précieux qui leur étaient accordés, car ils en connaissaient le lourd tribut. Elyas en tant qu'alpha d'Opale avait délégué une partie de son autorité à Lyam en faisant de lui son second, lui permettant ainsi d'être un époux et un père présent en plus de son rôle d'alpha. Albion les accompagnerait et reprendrait le rôle d'Aedan pour guider les hybrides qui en avaient le besoin en les aidant à apprivoiser leurs pouvoirs.

Sélène inspira profondément puis après un dernier regard vers le miroir, elle se détourna et suivit sa mère à la sortie de la pièce. À l'extérieur de la maison, Aedan les attendait. Ému, il tendit un bras à sa fille et l'autre à sa femme. Jamais il ne fut plus heureux que ce jour où sa famille était enfin réunie. Il les conduisit devant la maison où une allée tapissée de pétales de roses séparait deux rangées de fauteuils occupés par leurs proches. Ils avancèrent vers une arche fleurie sous laquelle se tenait Elyas, vêtu d'un pantalon noir et d'une tunique banche.

Rasé de près pour l'occasion, il avait en revanche laissé ses cheveux pousser et les avait rassemblés sur sa nuque par un cordon de cuir. Il leva enfin les yeux et son regard croisa celui de Sélène. Son cœur s'accéléra et il ne put s'empêcher de sourire. Elle était magnifique. Elle représentait tout ce qu'il y avait de plus beau sur terre à ses yeux. Son loup la reconnaissait également comme sa compagne et son aura se répandit autour de lui. Aedan embrassa sa fille sur le front puis lui donna sa bénédiction pour rejoindre son compagnon. Sélène saisit les mains d'Elyas et l'aura de sa louve l'entoura en écho à celle de son âme sœur. Enfin, elle était à sa place. Là où elle voulait être pour toujours. Auprès des siens.

Ce jour-là, les enfants de la lune furent unis le temps d'une éclipse réunissant l'astre lunaire et l'astre solaire. Cet événement si particulier et mystique était annonciateur du futur qui les attendait. Leur amour réunissait chaque être vivant, peu importe leur nature. Ils étaient porteurs de renouveau, de progrès, de tolérance. Leur union si évidente cicatrisa les blessures de chacun. Sélène restait la gardienne d'Opale. Fille de lune, elle enfanterait bientôt d'une nouvelle génération symbole d'espoir pour le continent…

À suivre…

Carte d'Opale

Bibliographie

- Opale, Duologie Bit-lit, Bod France, 2021

Opale saga terminée

Disponible dans toutes les librairies en ligne et chez vos libraires
Duologie Fantasy + Intégrale reliée et numérique

Résumé :

Sélène, âgée de vingt ans voit sa vie basculer à l'occasion de sa cérémonie de confirmation. Elle reçoit un puissant médaillon composé des sept pierres dominantes sur le continent et avec lui la mission de sauver Opale de la corruption qui serpente dans l'ombre.

Dix-sept ans plus tard, c'est au tour de Maïwen d'être au cœur d'une prophétie impliquant la sauvegarde du continent et de sa magie. Entre mages et loups, la jeune fille aura bien du mal à trouver sa place.

La déesse lunaire semble placer une confiance aveugle dans ses deux femmes issues de deux générations différentes. A-t-elle raison de mettre le destin d'Opale et de ses habitants entre leurs mains ?

- Dreamcatcher, trilogie fantastique, Bod France, 2022-2023

Dreamcatcher saga terminée

Disponible dans toutes les librairies en ligne et chez vos libraires
Trilogie fantastique

Résumé :

Salem. Un coven. Sept sorcières. Une dreamcatcher.

Enora est une sorcière appartenant au coven de Danann. Son don est d'être une dreamcatcher. Elle est celle qui peut passer du monde réel au monde onirique. Grâce à elle, le coven de Danann peut accéder au portail menant entre les deux mondes et protéger les innocents qui deviennent la proie des démons à travers leurs cauchemars. Seulement le jour du sabbat de Samhain tout va basculer. Les certitudes et les croyances d'Enora sur ce qu'elle est, sur ses dons et sur le coven lui-même seront remises en cause. Guidée par le clan de Lycaon, un groupe de chaman porteur du totem du loup, elle découvrira la véritable étendue de ses pouvoirs. Une menace plane sur elle et sur l'ensemble des êtres magiques. Un chasseur de sorcière prisonnier du monde onirique cherche par tous les moyens à se libérer de sa prison pour terminer son travail de purification. Enora parviendra-t-elle à découvrir la vérité sur sa magie ? Sera-t-elle à la hauteur pour empêcher le chaos et la mort de se répandre à Salem et au-delà ?

-*Le loup et le phénix*, spin-off Opale, Bod France, 2023.

Elinor est une hybride. Mi-elfe, mi-humaine, elle porte en elle l'héritage d'un peuple asservi et réduit en esclavage par les Hommes. Au-delà de l'océan, Ayden, héritier de la déesse lunaire, a choisi de fuir son destin en s'installant à Agate. Lorsqu'une prophétie dévoile à Elinor qu'elle porte en elle le pouvoir de libérer les siens du roi tyrannique, Orion, elle n'hésite pas à se lancer dans l'aventure. N'ayant plus rien à perdre, elle sera prête à tout pour trouver celui qui lui permettra d'accomplir son destin. Entre loup et phénix, humain et elfe, partez à la rencontre d'Elinor et d'Ayden, ensemble découvrez que les monstres ne sont pas toujours ceux désignés comme tel. Vous pensiez tout connaître d'Opale et de la famille de Sélène Moonwave ? Découvrez dans ce spin off que l'univers de ces héritiers de la lune est bien plus vaste que ce qu'ils auraient imaginé.

- Chez Amazon Kdp, 2022

- Le cerf et la sorcière, Mai 2024

Romances fantastique one shot

Disponible sur Amazon en ebook, broché, relié et gratuit dans l'abonnement Kindle

Résumé :

Eowyn est une sorcière de la nature, une guérisseuse. Aïdan est un chaman porteur du totem du cerf. Ancien alpha de la harde de Brocéliande, son passé se rappelle à lui lorsque Sybille, la prophétesse du coven de Danann prédit la fin de sa lignée et avec elle la disparition de la magie dans le monde. Commence alors le début d'une quête qui conduira le cerf et la sorcière à Brocéliande puis à Avalon où ils devront s'imprégner des légendes autour des faës ainsi que de Merlin et Viviane s'ils veulent avoir une chance de réunir les trois artefacts et préserver l'existence de la magie à travers les mondes.

L'amour qui unit Eowyn et Aïdan leur permettra-t-il de déjouer la prédiction de la prophétesse ? À travers les épreuves, la sorcière devra faire des choix pour sauver celui qu'elle aime et tenir sa promesse. Seule, sans l'aide du coven y parviendra-t-elle   ?

Ce livre s'inscrit dans l'univers de ma trilogie fantastique Dreamcatcher, il s'agit d'un tome compagnon et d'un one shot, pouvant se lire indépendamment de la saga.

- *Réédition Orami*

Orami fantasy young adult
Réédition intégrale de la trilogie

Disponible sur Amazon en ebook, broché et relié et gratuit dans
l'abonnement Kindle

Résumé :

"Quand l'enfant des dragons, sa seizième bougie soufflera,
Le temps de partir en quête des élus viendra.
À travers les épreuves, son aventure progressera.
De l'union des quatre, la victoire dépendra."

Lorsque la prophétie des oracles est énoncée, il n'y a plus de
doute, Lia doit quitter le sanctuaire des dragons et partir à la
recherche de ses origines.

Sur les traces de son passé, les obstacles seront nombreux
mais elle découvrira aussi des alliés qui l'aideront à les
dépasser.

Sera-t-elle à la hauteur des attentes des fondateurs d'Orami ?

- *Romances contemporaines*

Romances one shot

Disponible sur Amazon en ebook, broché et gratuit dans l'abonnement Kindle

À propos de l'auteur :

Vous pouvez me suivre sur :

Instagram

Aurélie Swan Autrice

(https://www.instagram.com/aurelieswan.autrice/)

Si vous avez aimé votre lecture, n'hésitez pas à me laisser vos avis sur Amazon, Babelio et Booknode. C'est grâce à vous que mes livres vivent et voyagent d'un lecteur à l'autre alors Merci pour cette aventure !